〖中华诗词存稿·名家专辑〗

中华诗词学会 编

一三居存稿

林峰 著

中国书籍出版社

China Book Press

图书在版编目（CIP）数据

一三居存稿 / 林峰著 . —— 北京 : 中国书籍出版社，

2019.10

（中华诗词存稿）

ISBN 978-7-5068-7446-5

Ⅰ.①一… Ⅱ.①林… Ⅲ.①诗词—作品集—中国—

当代②中国文学—当代文学—文学评论—文集 Ⅳ.

① I217.2

中国版本图书馆 CIP 数据核字 (2019) 第 207449 号

一三居存稿

林峰 著

责任编辑	李国永	
责任印制	孙马飞　马　芝	
封面设计	采薇阁	
出版发行	中国书籍出版社	
地　　址	北京市丰台区三路居路 97 号（邮编：100073）	
电　　话	(010) 52257143（总编室）(010) 52257140（发行部）	
电子邮箱	eo@chinabp.com.cn	
经　　销	全国新华书店	
印　　刷	北京虎彩文化传播有限公司	
开　　本	710 毫米 × 1000 毫米 1/16	
字　　数	200 千字	
印　　张	11.5	
版　　次	2019 年 10 月第 1 版　2019 年 10 月第 1 次印刷	
书　　号	ISBN 978-7-5068-7446-5	
定　　价	198.00 元	

作者简介

　　林峰，1967 年生，浙江龙游人。现为中华诗词学会副会长兼学术部主任、中华诗词杂志社副主编，上海大学中华诗词创作研究院副院长、浙江省诗词与楹联学会顾问。曾获"诗词中国""最具公众影响力诗人"荣誉称号。著有《一三居诗词》《花日松风》《古韵新风·林峰卷》《一三居存稿》等诗集。

总　序

我们这个诗歌大国有一个很好的传统，历来注重"采诗"、搜集整理诗歌材料。作为唯一的全国性诗词组织的中华诗词学会，自 1987 年 5 月成立以来，就十分重视这项工作。学会每年的学术研讨会和历届"华夏诗词奖"，都出版论文集和获奖作品集。纪念学会成立二十年、三十年时，还专门编辑出版了《大事记》《论文选集》《诗词选集》。《中华诗词》创刊以来，每年都制作年度合订本。2007 年 5 月，在北京天识东方文化艺术传播有限公司的资助下，以近代以来诗词创作、诗词理论、诗词运动重要文献汇编，当代名家个人作品专集等为主要内容，出版了《中华诗词文库》。经过十来年的编辑整理，已经出了近百卷。这些诗集、文集的出版，记录了近百年来尤其是改革开放四十多年来，中华诗词从起步、复苏走向复兴的砥砺前行的历程，为近、当代诗歌史的撰写准备了丰富的资料。

党的十八大以来，中华民族优秀传统文化重新受到应有的重视。习近平总书记《念奴娇·追思焦裕禄》词和《军民情》七律的相继发表，引领中华大地诗潮滚滚而来。《中共中央关于繁荣发展社会主义文艺的意见》和中办、国办《关于实施中华优秀传统文化传承发展工程的意见》，都明确提出"加强对中华诗词、音乐舞蹈、书法绘画、曲艺杂技和历史文化纪录片、动画片、出版物等的扶持。"国家教育部组织制定由中华诗词学会起草的新中国语言体系中的新韵书《中华通韵》已经通过国家语言文字工作委员会语言文字规范标准审定委员会审定，即将颁布全国试行。这些都使我们真切地感受到，中华诗词的春天真的到来了。诗人们乘着骀荡春风，正以高昂的激情，书写着中华民族伟大复兴的新时代、新史诗，国家富强、民族振兴、人民幸福的中国梦；正以与人民同呼吸、共命运的诗人之心，对人民的欢乐、人民的忧患、人民的情怀给以诗意的表达；正以"美"或"刺"的诗人之笔，对市场经济大潮中人民对幸福生活的期待，对美好未来的希望，对假丑恶的深恶痛绝，或给以方向，或给以赞美，或给以鞭挞。正如习近平总书记所指出的："好的文艺作品就应该像蓝天上的阳光、春季里的清风一样，能够启迪思想、温润心灵、陶冶人生，能够扫除颓废萎靡之风。"

当前，传统诗词创作者和诗词爱好者队伍发展迅速，已超过三百万。每天创作的诗词作品超过唐诗、宋词、元曲的总和。诗词评论研究队伍也成长很快，诗词评论、诗词学、诗词创作理论研究成果丰硕。如何从浩如烟海的诗词作品中"淘"出优秀作品，并使之存下来、传下去，如何使诗词研究理论成果"面世"并发挥应有的指导作用，确实是摆在我们面前的无可回避的一个重要课题。中华诗词学会是一个没有国家编制，没有国家拨款的社会团体，事业的运转主要靠社会赞助和会员费支撑。俊识（北京）文化传媒有限公司总经理吕梁松、北京采薇阁总经理王强，两位一直是对中华传统文化情有独钟的热心人，慷慨解囊，愿意同中华诗词学会一起，搜集整理编辑推出《中华诗词存稿》这套书，共同为中华诗词文化的继承和发展，做成这件十分有意义的事情。

　　《中华诗词存稿》主要搜集整理出版三部分内容的资料：一是当代诗词名家的个人作品集；二是当代诗词评论家、诗词学者的学术著作集；三是当代诗词作品、诗词理论学术成果阶段性、专题性、地域性的集成类作品集。诗词作品强调精品意识，沙里淘金，把"有筋骨、有道德、有温度"的优秀诗词作品搜集起来。诗词评论、研究类资料强调理论性和创新性，应具有鲜明的个性特点，具有创建性的见解。集成类的资料应有一定的史料保存价值。总之，做成一套具有当代价值和历史意义的好书。在此，我们编委会人员，向提供资料、筛选编辑、版面设计、校对勘误，包括所有为这套资料付出辛勤劳动的同志们，表示真诚的谢意！

郑欣淼

二〇一九年七月于北京

林峰诗词小识（代序）

星　汉

　　《江海诗词》的《大雅方家》栏目要发表林峰一组诗词，主编徐宗文教授发来邮件，要我写点儿评论文字。

　　看出来林峰这组诗，是经过严格筛选的。从诗体上看，绝句、律诗、小令、长调皆备。从内容上看，写景、抒怀、爱情、咏物、贺寿、历史回顾、文人雅集、国家大事，均有涉猎。笔者以题材多样，各体皆擅许之。

　　两首绝句，画面美妙，清新飘逸，不落俗套。看《阳信雨中赏梨花》一首，"冷艳"是梨花给人们心理上的姿态，但它又开放在"软如纱"丝雨中，在"春深处"却又白如雪花。作者交叉"冷暖"二字，颇见风神。树上的梨花，作者却说"鬓上斜"，一个"鬓"字，又把梨花比成风姿绰约的美女，但她扫除了"玉容寂寞泪阑干，梨花一枝春带雨"（白居易语）的忧伤。"春深处"的梨花，不是"忽如一夜春风来，千树万树梨花开"（岑参语）的雪花，照应了"冷艳"，却无"胡天八月即飞雪"苦寒气象。

　　上网查，知林峰参加了恭王府举办的第四届"海棠雅集"。《海棠雅集兼咏乡思》一首，作者要说的是，在春风唤醒海棠之日，也就是作者思念家乡之日。"粉红深处有乡思"，出语旖旎，耐人寻味。若是只说海棠之美如何，便是小儿语。

律诗的高难之处，在于中二联的对仗。且看《澜沧江高峡百里长湖》中"身与天波远，梦随云影孤"一联，可谓无一字不工。闭目思之，个中景象，令人神往。"身与天波远"，暗示作者乘坐快艇游览，"梦随云影孤"，其"长湖"之"百里"已在笔端。如改王勃之句，当是"快艇与思绪齐飞，湖水共长天一色"了。

四平战役是第三次国内革命战争中，东北民主联军在四平地区抗击国民党军进攻的一次防御战役。"炮震楼头新月暗，刀寒岭背大旗明"（《忆四平战役》）一联，"明""暗"相对，古已有之。苏味道"暗尘随马去，明月逐人来"一联，将"明""暗"二字置之句首，为后人称道，此处将"明""暗"二字置之句末，更见难能。器物小类中之兵器对仗，古人诗中，如"干戈""刀枪""楼船铁马"等，已是司空见惯，但是"炮"对"刀"，却是前无古人。远距离的轰炸和零距离的肉搏，已交代明白；"头""背"为名词小类形体相对，且为"楼头"与"岭背"，足见战争涉及城里与城外，面积很广。加之"新月"与"大旗"相衬，气氛之肃杀，战争之惨烈，便无以复加了。

步韵之作，历代不绝。中华诗词学会第四次代表大会召开之前，国务院副总理马凯同志有《写在中华诗词学会第四次代表大会召开之际》一律。此诗公开后，和者如云。林峰《谨次马凯同志中华诗词学会四代会召开韵并和》即作于此时。和者众，而韵字"迟""枝""驰""诗""时"的组词能力毕竟有限。作者以有限韵字将一首七律组织如此之好，稳妥浑成，确非易事。其中"寸情暗自云涯起，大梦遥随电雨驰"一联之对仗，字字工稳，令人叫绝。

　　此处词作，均能动人心弦，读后不忘。《菩萨蛮·春夜》写春夜情思，细腻妩媚，别有怀抱，读者自能体会。同为拜谒的前贤故居，却能切合故居主人的身份，写法自有不同。《浣溪沙·郑板桥故居》突出的是"风雨""竹"和书法。而《西江月·马致远故居》突出的是著名小令《天净沙·秋思》和著名杂剧《汉宫秋》的韵味。至于人生感悟，前者是"难得糊涂"，后者是"相思"。若非高手，不能办此。而同类题材的《鹧鸪天·遂昌汤显祖纪念馆》作者用暗示的手法，使读者见到了"嫣红眼角花未老"的"娉婷"杜丽娘和"柳拂眉边梦暗惊"的柳梦梅。这里的"相思"，有别于《西江月·马致远故居》的"相思"，是"人间千种相思草，都向牡丹亭畔青"。这14个字，难道不是汤显祖"情不知所起，一往而深，生者可以死，死可以生"之艺术再现？

　　词在词谱尚存的时候，语言必须通俗、明了，入耳即消，因为听众没有时间去回味、琢磨冷僻的词汇和生硬的语句。即便用典，也是听众耳熟能详的文字。辛弃疾所用之典，其中不乏当时读书人的"小学课本"，故而和听众没有太多的隔膜。今天的词作已是不能歌唱的徒诗，用典倒也无妨，但是要用就要用活，使之为"水中著盐，饮水乃知"。林峰的用典，就很值得当今诗友们琢磨。《鹧鸪天·开封西湖》《水调歌头·张家界》《水调歌头·登诸城超然台》三首词，均为写景之作，个中不乏典故。"道是临安却汴梁"和"醉来不觉是他乡"诸句，读者不难体会是林升《题临安邸》的"反其意而用之"。再看"乱云飞起，武陵何处觅仙踪"，不错，张家界确有名为"武陵源"的景区，看似写实，但是读者未必不和陶渊明的《桃花源记》联系起来。诸城超然台为苏轼知密州时所建，那"心有婵娟句，无月也登楼"，岂不是坡仙《水调歌头·丙辰中秋》的改造？"胸中书卷繁富，又足以供其左旋右抽，无不如志"，赵翼评坡仙之语，未必不能移至后人。

　　前人词的风格有多种，但是大体上分作婉约、豪放两大类，当无大错。任何一个著名词人的风格，都不是单一的。林峰词《菩萨蛮·春夜》和《西江月·马致远故居》当属婉约类，而《南歌子·渤海抗日英烈传》和《沁园春·"神九"畅想》，则是典型的豪放词。"岭上烟尘暗，关前白日残"，是抗日英烈抗日的环境，"杀气连云卷，刀光带露寒"，是抗日英烈的抗日举动。如见其人，如闻其声，至今犹觉虎虎生气。"大野无声，乾坤有象，顿起瞳瞳万丈光"，"穿过天心，再旋天纽，试绾长缨系紫阳"，如此豪壮之语，自是前无古人。诗坛泰斗臧克家说过，诗词创作要追求三新，即思想新，感情新，语言新。林峰的豪放之词，以此衡量，足以当之。

2016 年 1 月 16 日

目　　录

文 稿

名家评论

诗　词

甘肃虎豹口

大河不改水流东，依旧斜阳带血红。
把盏滩头心欲折，西征往事未朦胧。

沁园春·黄河石林

九折洪波，一线天开，势耸绝峰。尽嶙峋崖壁，神工化女；蜿蜒峡谷，鬼斧横空。狮卧雄关，鹰回紫塞，马踏流星日在东。依稀见，又征帆竞发，浪激苍龙。　　回眸边气如虹，更千古风流谁与同。叹汨罗屈子，楚骚安续；沙门玄奘，宝筏难通。剑辟书山，旗张笔柱，西北从来多俊雄。欣归去，正云来掌上，月到林中。

水调歌头·甘肃永泰龟城遗址

边塞烟尘古，漠北水云黄。举头残月明灭，野色满胡杨。险设孤城铁瓮，要控龙沙绝域，烽火没穹苍。虎卫关山久，风起笛声长。　　人何处，山未老，事昏茫。心头鼓角悲壮，匹马下西凉。欲效骠姚许国，更羡文渊投笔，旆影耀天光。草白金鹰疾，一任少年狂。

江城子·赠乡音乡情微信群

幽燕四望碧云重，酒千钟，向遥空。欲借清风，送我过江东。长忆家山花似锦，春日里，浅深红。 微群香暖意融融，愿相逢，吐深衷。北国天涯，尺素指间通。梦里乡音犹不改，情未了，月玲珑。

浣溪沙·寿欧阳鹤老九十华诞

双鹤翻飞座上来，钧天乐舞下瑶台。蟠桃熟透蜡梅开。 紫电经天堪夺月，好诗入眼可清霾。掌中春色尚如孩。

贺新郎·南海巽寮湾

南国秋何晚。喜澄湾，楼前椰绿，滩头波远。欲泛小舟从此去，遍赏红霞轻浅。正三两，飞鸥缱绻。海国仙山何处是，待回眸蜃气连霄汉。风起处，舞衣转。 诗怀酒债凭谁遣。对沧溟，青螺几点，玉田无限。依旧琼池花未谢，拾得瑶珠成串。更把那，流光轻绾。愿共伊人同击筑，问艄公知否渔龙现？歌浩荡，翠图展。

赠海王子酒店

海涌青溟阔，潮来云起时。
凌风鲲变化，鸣露鹤参差。
霞彩三秋曲，江山万古诗。
水流情不尽，花树满天池。

攸县灵龟寺

灵龟万载出孤峰，水绕梅城更几重。
夜放虚窗听细浪，梦回精舍一声钟。

临江仙·贺卫星先生大作《中国梦》问世

雨霁遥天云漫舞，日边风振长虹。商都葱郁画图中。火星垂赤焰，大泽起苍龙。　　诸子依稀梁苑古，春秋笔致从容。壮歌一曲寄丹衷。举头平楚阔，梦筑九霄东。

水调歌头·张家界

极目碧虚外，烟雨两冥濛。乱云飞起，武陵何处觅仙踪。剷为幽崖百丈，刻削层峦千里，疑入九霄东。莫道青莎老，来沐古今风。　　天门月，茅岩瀑，玉皇松。南行欲把、飘零心事与春鸿。许是名山有待，怜我诗心依旧，遥赠绿芙蓉。未得惊人句，不肯上巅峰。

忆江南·贺超范先生《湘湖行吟》出版

开篇处，白璧豁人眸。月出萧山堪载酒，云浮商海可飞舟。句涌大潮头。

减字木兰花·超范先生《湘湖五百咏》付梓有贺

湘湖十里，波影镜光浮眼底。寒蕊缤纷，尽入朱门笔下春。　　南行喜见，厄满流霞诗满卷。碧玉谁裁，待唤诗仙天上来。

菩萨蛮·酒仙湖

此间谁酿金丝酒，满湖香溢青山后。醉眼问苍松，秋光何处浓。　　清风生两袖，枝上双莺斗。红紫尽芳菲，仙人归未归。

临朐沂山

遍揽东南十万山，赏心最是穆陵关。
梦回玉带波如锦，影动花枝月似环。
海日盈怀飞异彩，禅钟入耳远荆蛮。
寻来峰顶花争放，星斗垂肩似可攀。

凤栖梧·临朐老龙湾

霞冠日边秋欲滴，龙过溪湾，竹外青霄碧。泉老珍珠无处觅，阴阳剑铸欧冶迹。　　不见高天蓬鸟翼，雪化桥头，人向花前立。无奈生涯如水激，凭风吹彻山阳笛。

贺刘业勇先生荣膺"韬奋奖"

军歌一曲动天音，涤尽狂沙始见金。
君有霜毫凭勇毅，砚留明月慰初心。

减字木兰花·贺积慧先生大作付梓

词章细品，恰似云浮千尺锦。才思飞扬，中有珠玑耀眼光。　　清风流水，淡看浮生终不悔。醉卧三江，更引涛声入玉觞。

菩萨蛮·贺《贵大吟苑》创刊四十期并呈冯泽老

西南遥望秋光晚，花溪深处浓荫展。又到雁来时，黄金缀满枝。　　青春传笔梦，欲作文中凤。霜月又娟娟，繁星绕座前。

鹧鸪天·喜贺《诗刊》创刊六十周年

瑞雪翻飞净俗尘，一声雅唱万山春。莺啼似颂诗三百，云暖犹添月一痕。　　承玉露，醉红茵。流光风景逐年新。而今更借经纶手，笔倒三江入汉津。

鹧鸪天·贺《白银日报》创刊三十周年

西北天倾尽白银，黄河水涌墨花新。月横莽岭生瑶阙，秋过石林铺锦茵。　　经冻雨，破寒云。报端日日系生民。细推三十年间事，难舍襟怀一片真。

浣溪沙·贺扬州诗词学会成立三十周年

花绽芙蓉万木秋，竹西佳处是扬州。故人风
月为诗留。   声震广陵余绝响，潮来淮海起金
讴。联珠雨溅最高楼。

贺临海三台诗社成立

节过清秋韵事多，新词如雪雪如波。
但期潮涌三台日，来听江南一曲歌。

浣溪沙·苏少道先生大作付梓喜贺

少道先生，海南耆老，儋州大贤，亦吾之忘年也。其品学之高，
艺文之佳，早已有口皆碑。今闻先生大作待梓，遂欣然有贺，词曰：

读罢珠玑句亦香，海潮椰雨动人肠。忆中白
发映清霜。   秋雪飞时堪作锦，清风拂处可联
章。遥看飞雁正南翔。

浣溪沙·福建南安五里桥

红蓼花开十月天，碧波浮动绿杨烟。潮头月
色动心弦。   五里桥横鳌海上，十分秋在水云
间。长风吹送一年年。

水调歌头·开化根宫佛国

宿雨洗天碧，黛色满秋山。浮图隐处，乾坤真气出林端。疑化丹楹玉陛，再化清都佛阁，杰构渺烟寰。纵目鸿濛外，日月涌仙班。　峻谷青，霜根古，桂华寒。伐毛换骨，龟蛇随我入芹川。更向崖巅高卧，俯瞰钱江浩荡，宇宙一何宽。胸次留奇彩，掷笔化苍鸾。

赴根宫佛国诗会途中

攸远江南道，山重水复重。
风斜秋色渺，雨滴客思浓。
妙相心头月，真如夜半钟。
钱塘东去后，佛国起苍龙。

醉根山房次东遨兄韵并和

迢递三衢烟雨秋，西风雁度浙江头。
异乡红叶心尖落，故里清霜眼底收。
根老能穿千载石，波平可泛五湖舟。
原知佛国非吾有，暂倚山房作小留。

悼韩梅村将军

远望三湘天宇清，华容往事倍葵倾。
生逢离乱堪磨剑，世遇艰危可用兵。
誓把壮心擒毒日，拼将战胆耀寒旌。
村头不见梅千树，独有红枫照眼明。

清平乐·中国书籍出版社三十周年庆

漫天花雨，遍洒丰台路。日照龙蛇双起舞，入眼青缃无数。　　风中蝌蚪如初，灯前剔尽虫鱼。更把狼毫作剑，闻鸡细理经书。

浣溪沙·恭贺冯泽老八六华诞

月上中宵花满窗，长庚泛瑞作秋光。欢歌新酒早盈觞。　　句涌花溪三尺锦，墨飞雪岭万年芳。西南好景寿无双。

中秋依段维兄韵并和

读罢中秋长短诗，愧无佳句报君知。
芸香又泛赏花日，槐影初摇踏节时。
入夜风清云散尽，中宵露白月来迟。
流辉更照江南路，好借飞鸿寄我思。

虞美人·开封西湖

闲乘宝马湖堤上，彩艇波中漾。拟将佳月待佳人，恰是缤纷红紫又新春。　　赏心最是西湖好，柳细青梅小。飞来妙句豁人眸，要唤无边清景入清流。

虞美人·西湖湾并和唐卓先生

西湖湾里琉璃水，水上芙蓉媚。天边星彩似秋波，且向白鸥飞处听渔歌。　　汴梁梦接江南远，烟淡松筠晚。倩谁相与赏枫华，中有好风明月酌流霞。

水调歌头·钓鱼岛之思

浩瀚水天阔，海国湛然秋。蓬瀛望处，清螺几点漾中流。云涌洪波千叠，风卷潮声万里，苍屿小银瓯。旭日掌中出，白鹭指间浮。　　炎黄土，尧舜域，古神州。年来何事，连洋瘴雨总难休。道是倭酋未死，谋我东南玉璧，舰甲夺人眸。天半龙骧怒，誓把版图收。

甘肃会宁会师塔

红塔嵯峨近碧霄，骄阳好景满清寥。
香林彩壮英雄气，祖水烟催日夜潮。
气贯霜刀惊赤电，声闻铁甲裂狂飚。
三军已越敷州北，千里铙歌动翠峣。

浣溪沙·银凤湖

镜彩湖灯送落晖，晚风如水月如眉。长堤红绿尽芳菲。　　彩羽最宜云上舞，嘉词更向管中吹。谁人唤得凤来归。

壬辰恭王府海棠雅集

梦中花气湿云襟，满眼娇红动上林。
最爱朦胧春夜雨，轻轻滴入海棠心。

浣溪沙·海棠诗会

半入清风半入烟，红裳窈窕粉腮妍。欲扶清影翠微边。　　春色斑斓前后海，月痕浓淡晚来天。怜她花事一年年。

浣溪沙·贺诗词中国云科技联盟成立

玉宇澄明翠黛浮，白云如锦接天流。诗辉今古缔盟鸥。　　淮水波翻千里月，燕山风暖一天秋。吟声错落贯珠喉。

浣溪沙·贺太勋兄《湛月湖吟稿》付梓

湛月湖平百卉芳，珍珠满树入斜阳。露华浓处乐低昂。　　人取太勋非我意，世留白雪见诗光。句来天外又成行。

雨中

雨细莺声远，风清翠柳寒。
谁知秋色里，花绽满林丹。

宁海前童古镇

望中屋宇浅深明，小巷风幽似梦轻。
婉转莺声随柳动，潺湲溪影照人行。
欲凭鸳瓦寻余韵，难借虹梁寄远情。
对酒何须惆怅甚，回眸又见满堂英。

浣溪沙·宁海徐霞客开游节

古道千秋未绝尘，晴岩花雨已缤纷。惊天乐舞白沙春。　　人世微茫皆过客，海山辽阔属诗人。带星走马出西门。

过渔浦

雨后春山天样青，眼前寒渚似曾经。
埠开烟浦应千载，旗挂海门出九溟。
聚散鸥如风里絮，往来人作水中萍。
倚舟犹见渔翁在，只是江花已渐零。

贺超范先生《凤岭吟笺》付梓

且凭细浪入芳津，岭上风来眼界新。
仄径宜吟西子月，燕山欲醉武林春。
惜无梅竹堪为伴，幸有诗书可比邻。
梦里江南应未远，思君夜夜到湖滨。

浣溪沙·萧山湘湖

酒载冰壶万顷波，新堤垂柳间青萝。娉婷红影是湘娥。　　独木舟横花欲语，越王城古鸟如歌。湖心诗镜待新磨。

浣溪沙·贺丕耀先生《白屋诗稿》付梓

歌放鹿城天色新，九峰涌翠草联茵。忆中诗酒往来频。　　玉化昆仑千丈雪，霞辉白屋一帘春。片心自在净无尘。

浪淘沙·谨用马凯先生建党九十周年韵并和

碧落紫霞兴，玉宇空明。长风千里助鹏程。高卧不因风与月，气壮神京。　　倚柱听雷鸣，霹雳天惊。君心清似玉壶冰。何惧江湖波浪涌，剑试青萍。

赠友人

青螺隐隐映流霞，竟引诗舟到海涯。最喜潮声千万里，天南韵染木棉花。

丙申恭王府海棠雅集席上续迦陵先生句

春风又到海棠时，一夜花开千万枝。
演罢洛神天未晚，犹乘月色唱新词。

【注】
"春风又到海棠时"为迦陵先生出句。

浣溪沙·与星汉东遨江岚诸君游遂宁红莲湖

四月吟风满遂宁，白云飘渺绿波轻。花光萍影照人行。　　一种天姿堪醉月，十分春色是清明。何须飞棹下巴陵。

西江月·陈子昂读书台

隐约千年崖壁，依稀梦里回澜。洞天春色挂林端，袖里珠花沾满。　　歌咏琼台月落，书挑客舍灯残。夜吟犹恐句难安，最是光阴苦短。

浣溪沙·贺朱秉衡女史画集付梓

秉衡女史，吾浙画坛名宿亦我景仰之前辈也。其人秉性高洁，格调清雅。所绘山水，独具慧思；所描意境，时隐真趣。故能名闻业内，画重一时。近闻大作付梓，遂欣然有贺，词曰：

尽揽烟霞入笔端，翠岩千叠起澄澜。天机一点在山川。　　怀抱冰轮明似镜，心留晚照色如丹。闲观白角过溪湾。

响水云梯关并和朱文泉上将

响水云浮梯影寒，雄关百丈倚重峦。
几时日射潮头上，风送渔歌波不澜。

浣溪沙·贺《蓬江诗词》创刊

南国春来百卉芳，蓬门开处尽朝阳。白沙千古有辉光。　　掌上鹅黄堪觅醉，潮头佳句已生香。江天一色翠云长。

送宝军兄之宿州

千里霜蹄向宿州，遥山翠色漾中流。
此行莫道江南远，我送江南月一钩。

鹧鸪天·绿竹山庄

丙申春分与济夫、居汉两老，王威、宗绩诸友小聚于儋州绿竹山庄。庄内浓荫蔽日，曲径回环；杂花满树，亭楼隐约。置身其间，真有物我两忘、尘氛顿消之感。词曰：

蕉雨初晴曲径幽，遥天如洗翠华流。衣沾白露山容淡，座起清风春夜柔。　花满袖，酒盈瓯。细听雅调贯珠喉。心头留得千梢翠，绝胜人间白玉楼。

鹧鸪天·开封西湖

道是临安却汴梁，此湖疑在古钱塘。寒梅影乱鸥争渡，白藕香浮绿满窗。　桥似带，月为裳。醉来不觉是他乡。遥呼天半长风起，欲借沧波送远航。

用诗银先生同赋丙申春笺韵并和

春林花草照人红，尽日听莺意不同。
逆旅青灯思快剑，他乡夜雨忆飘蓬。
梦中雾漫燕关北，枕上潮回浙水东。
万里家山归未得，此生难改是初衷。

见同学三十年前旧照并寄诸学友

恍若缤纷灵水边，桥头垂柳未飞棉。
忆中情景浑如旧，已隔驹光三十年。

踏莎行·中学毕业三十三年同学会

灵水回春，岑山归燕。柳丝频拂行人面。时
光倒转少年时，清风斜日情何限。　　世事如云，
浮生若电。寻梅梦与流光远。酒边霜鬓眼前花，
相逢不是初相见。

菩萨蛮·春夜

琴声暗把黄昏送，清风一盏如幽梦。莺语入
人怀，碧桃窗上开。　　春来春却老，何处怜芳草。
又见月如钩，梦中花满楼。

山海关老龙头随想

如山雪阵向天涯，壁垒城头月未斜。
雁过中宵闻铁笛，龙腾大泽卷平沙。
视通今古千年事，俯仰兴亡一盏茶。
犹见风前遗恨在，时人莫唱后庭花。

西江月·马致远故居

　　门外小桥如带，楼前绿水轻摇。西风瘦损美人蕉，谁在昏茫古道。　　影冷汉宫秋月，泪抛梦里春宵。清音一曲尽妖娆，中有相思多少。

沁园春·牛角岭关城随想

　　壁立关城，京西锁钥，形扼蓟州。正风吹残暑，天开遥碧；霞明古道，气爽新秋。瘦马西归，昏鸦远去，莎草埃尘满堞楼。低徊久，叹纷纭过客，皆作荒丘。　　心惊岁月悠悠，转瞬里青春渐白头。想塞沙鸣角，干戈耀日；愿堪许国，不为封侯。待斩楼兰，胸留长策，笑看东南浪未休。登城望，有危崖冷月，常照吴钩。

庆春泽·丙申恭王府海棠雅集

　　暮霭轻笼，残霞渐了，窗前白露零星。谷雨时分，满园翠影娉婷。世人皆道燕棠好，爱花间，风有余馨。看枝头，锦萼含烟，玉蕊如冰。　　丝桐又起声缭绕，愿深宵秉烛，约尔同行。事往千年，只余山斗空明。杜陵去后东坡老，到如今，谁续高情。待回眸，春绽腮红，月放天青。

谒施耐奄纪念馆

满园秋色没烟霞，曲径风回垛上花。
四座雷惊银管动，百年律暖玉笺斜。
遥思梦里鱼分浪，又见滩头鹤掠沙。
天半青山应有泪，为君长洒蓼儿洼。

浣溪沙·郑板桥故居

风雨楼头桂色孤，门前竹嫩待人扶。几曾识
得板桥书。　　月入芳池疑幻境，霜凝砚海寄真
吾。此生难得是糊涂。

与逸明永兴诸君游垂虹桥

垂虹半落藕花凋，梦里孤蓬似未遥。
一自松陵人去后，与谁桥上忆吹箫。

浣溪沙·夜游西津渡

乙未暮冬，与庆荣、王华、一鸣、范然、光年诸君夜游西津古渡。见楼台栉比，街市繁华，彩灯璀璨，笙管悠扬。令人恍如隔世，梦回宋唐。词曰：

波映西津月上弦，阑珊灯火小山前。往来帆影已千年。　　水上歌飞清似洗，楼头句涌润还圆。晚亭待渡酒中天。

镇江多景楼

画里江山多景楼，望中羽白飒然秋。
云飞江雨青襟上，风卷潮声古渡头。
世事苍茫思魏晋，人生感慨忆孙刘。
只今惟恨登临晚，未见梅花动九州。

浣溪沙·杏花诗社成立五周年有贺

谁舞丹霞二月中，满林娇翠压枝红。绿莺飞处锦成丛。　　五十弦歌新日暖，万千絮咏太和融。杏花春在晋阳东

钓鱼台元宵诗会

钓鱼台上夜，箫鼓动云天。

灯火千门灿，星桥九陌连。

诗飞春梦里，舞起翠微边。

往事依稀在，已非旧少年。

新年

万朵丹霞祝岁丰，东风渐暖太和融。

枝摇碎玉开清境，珠贯流云耀远空。

何处春光无绮梦，此时芳景有深衷。

纵然身寄千山外，犹觉江潮鼓样雄。

浣溪沙·赠思明兄并贺大作付梓

回首西江迹未陈，赤乌飞处有新痕。楼头风度苦吟人。　　歌放流云波上月，笔生翠锦掌中春。琼瑶一片照金樽。

忆秦娥·"9·3大阅兵"用沈鹏先生韵谨和

云雷激，白虹起处秋岑碧。秋岑碧，旗飞塞垒，箭扬霜镝。　　图强自有龙庭策，九州梦展千年翼。千年翼，声闻天外，势惊辰极。

用高昌兄《春节即兴》韵并和

春色渐醒霜渐柔，横枝嫩蕊欲搔头。
影浮竹浪宜清赏，步逐云心作胜游。
年景未随人事改，时光不与肆情流。
遥听一曲江南岸，醉里风回百尺楼。

次立元将军韵谨和

八月秋高气象雄，幽燕南望阵云空。
连天波涌千山月，放鹤歌飞一笛风。
寒蕊浮金思桂酒，老松披甲扣仙钟。
谁言星汉无舟渡，句有银槎亦可通。

谨次马凯同志中华诗词学会四代会召开韵并和

月上苍梧眠已迟，秋风夜度最高枝。
寸情暗自云涯起，大梦遥随电雨驰。
箭出天山堪作赋，舟回银汉好题诗。
雄图幸有点睛手，待看烟开菊绽时。

白岩山

白岩千丈尽葱茏，小径幽深黛色空。
瀑里霞辉凝翠杪，山间虹彩入明瞳。
钟敲精舍心如镜，卷展芝窗月似弓。
闻说仙人犹未老，吟鞭遥指日轮东。

鹧鸪天·刘征老九旬华诞

百丈文光耀远空，香山佳气尽流东。岩松不与春风老，霜鹤声随燕语浓。　　邀霁月，劝金钟。寿桃枝上绽新红。筹添海屋歌千岁，世有逍遥曲未终。

【注】
《春风燕语》《霁月集》《逍遥游》皆为刘征老著作。

水调歌头·登诸城超然台

微雨入凉夜，白露满枝头。超然台上，青霄一碧暮云流。细听金铃摇处，袖底清风拂动，往事几经秋。心有婵娟句，无月也登楼。　　抚丝弦，歌金缕，醉吟眸。文章千古，江山许我共追游。欲撷坡仙霞佩，再掬莲山晚翠，跨鹤下扬州。隐约空尘里，又见玉虹浮。

浣溪沙·贺逢俊兄进京二十年中国画作品展开幕

笔挂幽燕势不孤，眼中山水即画图。丹青要写世间无。　　对牖微吟浓淡月，下帷常读古今书。茅檐竹径作吾庐。

西安道上戏题

好风如水雨如丝，又到华灯欲上时。
辜负窗前春一缕，诗心摇处是乡思。

南歌子·渤海抗日英烈传

岭上烟尘暗，关前白日残。城头遥望泪难删，莫问英雄一去几时还。　　杀气连云卷，刀光带露寒。壮心百战未离鞍，只为神州寸寸是家山。

阳信雨中赏梨花

冷艳千枝鬓上斜，风中丝雨软如纱。
南来醉入春深处，误把梨花作雪花。

唐赛儿塑像

寄身草莽亦英雄，似见莲花照眼红。
烈马奔星唯一恨，长留剑影入遥空。

黄河入海口大雾未见黄蓝分界

怅留一撼作虚谈，梦断潮头心未甘。
不见长河东入海，世间清浊与谁参。

滨洲雅集分韵得咸字

凤穿花雨下重岩，碧落谁传云叶函。
石上烟浮青箬笠，枝头露滴海棠衫。
河经跌宕知深浅，人自飘零悟淡咸。
空有春光来梦里，洪波何处是归帆。

浣溪沙·赠包岩女史

欲遣嘉词入彩笺，燕山好景到樽前。曲飞咏絮自清圆。　　云宿天边宜醉月，花开水上似含烟。玉楼春满晚来天。

水调歌头·渤海魂

——惠民渤海老区机关旧址随想

光耀五星赤，霞涌日轮圆。长河千里争渡，沙口大旗翻。浪卷鱼龙吞吐，岸接霜蹄如电，错落太阿寒。敢借怒雷力，壮我志如山。　　征帆举，烟云散，凯歌还。秾华深处，谁与雪盏沸洪澜。欲写胸中块垒，唤得鹰来臂上，逸气漱青肝。禹甸生华彩，春色满遥川。

乙未海棠雅集并赋抗战胜利七十周年

风送瑶芳天上来，杜陵韵染美人腮。
遥追七十年前事，曾有海棠带血开。

海棠雅集兼咏乡思

春来正是梦回时，醉倒烟梢十万枝。
莫让东风沉睡久，粉红深处有乡思。

浣溪沙·遥贺永昌先生《静夜心声》付梓

三月轻风绿柳林，蟾华千里上春襟。琴书满室可清心。　　好入山川参至理，每依松竹醉清吟。花开静夜有知音。

鹧鸪天·用诗银先生上元赋月韵并和

蓦觉今宵又上元，彩灯再耀九重天。笙箫弄月虚窗外，星斗穿花绿座前。　　心底事，未如烟。青萍遥寄碧云间。陇头已放梅千朵，始信春风值万钱。

甲午嘉平既望立春前夕玉泉诗院雅集用东坡韵

似有莺声到枕前，梦中花事又经年。
泰来岁自兰心馥，瑞启节同梅影妍。
风里奇香堪佐酒，夜间好景不须钱。
烟霞得剪三千丈，可揽青阳雪后天。

浣溪沙·遂昌金矿国家地质公园

石径清幽翠蔓深，紫光一点没遥岑。洞中天地与谁寻。　　矿井渐开唐宋月，金池纷杂往来心。崖边新绿动春襟。

浣溪沙·缙云仙都鼎湖峰

寸碧凌霄万岭低，鼎湖千载压长溪。仙风吹雨绽花泥。　　鹤羽缤纷浮帝影，云岚飘渺悟天机。寒梅数点小村西。

鹧鸪天·遂昌汤显祖纪念馆

墨洒毫端紫翠明，清荫小院忆娉婷。嫣红眼角花未老，柳拂眉边梦暗惊。　　春几许，月无凭。夜深犹觉蝶轻盈。人间千种相思草，都向牡丹亭畔青。

浣溪沙·广州花都芙蓉诗社成立三十周年

春暖花都百卉芳，芙蓉嘉气满霓裳。翠湖十里共飞觞。　　珠灿墨坛无俗彩，玉堆笔阵有清光。九龙起处浩歌长。

浣溪沙·临沧南丁艺术庄园

草色葱茏水色蓝，九重疑落碧云团。画中红浪欲遮山。　　墨洒竹楼歌俊朗，烟凝傣锦舞斑斓。如霞心绪任风翻。

减字木兰花·玉泉雅集

甲午小寒，与诗银、新河、晓虹、宏兴、王琳、小甜、赞军诸友玉泉小酌。一时雪浮清盏，花绽银釭。席间诗银出题、新河择调、一三定韵，以减兰体同赋雅集事也。余分韵得"寒"字，词曰：

玉泉何处，万寿庄前情满树。月待阑干，一镜清辉入小寒。　　杯深难住，诗上眉梢花上露。莫道更残，醉把丝桐彻夜弹。

鹧鸪天·赞鞍钢工人发明家李超

春到钢城日正东，鞍山昼夜火星浓。创新雨洗琉璃净，技改风回瑞锦红。　　怀妙想，夺天工。潜心冷轧见丹衷。前贤足迹今犹在，更越云峰又几重。

【注】
冷轧——专业术语，一种炼钢技术。

鹧鸪天·翁丁瓦族原始部落

木鼓山歌贯耳来，雨明黛色寨门开。篱边榕老留诗眼，水畔桃红映粉腮。　　寻石径，上丛台。野云茅舍远尘埃。只今犹记茶炉上，一缕奇香沁我怀。

澜沧江高峡百里长湖

百里澜沧水，千年酒一壶。
莲峰青似玉，星岛碧如珠。
身与天波远，梦随云影孤。
不知寒霭外，可有故人无。

沧崖岩画

三千年后始登临，飘渺苍崖未可寻。
忽露真容云气上，只缘天籁是知音。

广东玉湖桃花岛

波光如锦似新裁，千树桃花水上开。
欲问风前红嘴鸟，此间可是小蓬莱。

浣溪沙·冬夜

风满楼台白露寒，茶香淡淡月眉弯。灯花佩彩共斑斓。　　梦里蒹葭犹未老，心头锦字最难删。更深谁待雪成团。

机飞海南

扶摇鹏翼载歌行，云路三千出帝京。
浩荡风开天影白，苍茫海涌日华明。
晚霞成绮随人舞，白浪浮丹带酒倾。
梦里天涯应不远，心头诗共玉晶莹。

海瑞陵园不染池

池光云影照疏萍，水面秋荷已渐零。
道是此间污不染，琼崖故放海天青。

海瑞墓

遥知南海有孤忠，万古崇光出奥东。
至洁贞操磨作镜，无边浩气散成虹。
墓前松老香犹在，眼里篁清节未空。
一曲长歌何处是，斜阳洒入翠云丛。

天涯海角

浪浮孤屿漱银沙，鲸背烟飞五彩霞。
往事不堪回首望，只今相忆在天涯。

谒王佐祠

百丈文光隐翠岚，桐乡座下礼曾三。
纵嘲文简如鸡肋，也令江南逊海南。

鹊桥仙·儋州东坡书院

烟梢滴翠，黄英浥露。往事缤纷谁诉。穿花倍觉俗尘清，爱风里、书香如故。　　沉浮宦海，铿锵诗路。载酒人归何处，天涯又见月婵娟，应未把、秋光辜负。

五指山革命根据地

山如五指插晴霄，飘渺群峰积翠遥。
仙掌烟凝霜露白，鹤林日涌火云骄。
弓张满月辉青嶂，旗领长风唤夜潮。
又见春来南海上，琼芳万点下清寥。

浣溪沙·琼海中原小镇

绿满楼台透晚阳，椰风如洗送轻凉。咖啡浓胜玉金香。　　花绽绮霞人半醉，杯浮雪浪月昏黄。蓬莱深处小南洋。

临江仙·万宁东山岭

翠耸东山天正好，此时满眼流丹。瑶台西望起青鸾。飞霞游子远，云路乱花繁。　　敢向南溟称第一，半空鲲化龙盘。潮音滚滚裹云还。欲分天汉水，催动万年船。

浣溪沙·昌平花海

似海琼芳卷地来，丹葩粉萼浅深开。风中秋色近瑶台。　　衣上轻霞同碧涨，心头清梦隔尘埃。花飞千片与谁裁。

水调歌头·东坡赤壁

赤壁万年月，长耀古黄州。望中故垒依约，露白大江秋。更有矶头野色，犹带东南形胜，数尽往来舟。天地一何阔，人世几蜉蝣。　　渔樵事，龙虎气，俱东流。余生恨晚，未逢旌旆动山陬。浪激波中寒铁，凤吐堂前二赋，光焰射人眸。梦里乌林远，墨洒最高楼。

生查子·蟒山红叶

　　风从天外来，秋自山间吐。绮散满林丹，池畔云霞舞。　　妆成绝世姿，难寄殷勤语。倚马待题红，中有情千缕。

浣溪沙·贺瑞安诗联学会成立三十周年

　　江上飞云舞碧阳，花岩秋暖碎金香。紫藤清鼓共呼觞。　　珠涌铜盘辉翰彩，玉浮圣井泛诗光。天风万里送轻航。

谒龚自珍纪念馆

小米园开秋雨边，古今异代许勾连。
丁香花落情难再，解语莺飞梦未圆。
莫道九州无剑气，敢驱万马踏狼烟。
年来又见风雷动，更使飚光满大千。

过瑞昌并赠思明欢中先生

瑞霭环铜岭，祥云绕古墩。
红飞花弄影，翠滴墨留痕。
问老茶犹暖，思亲灯未昏。
仙人桥上坐，风卷大江奔。

南岳论廉并和焱森先生

南岳峰高可接天，云边雁去路三千。
风摇大壑松犹劲，霜冷青崖菊自妍。
荣辱逝如江汉水，金银散作武陵烟。
祝融亦恐疏星暗，烈焰长明万仞巅。

千秋岁·寿晓川师八十生辰

秋浓荫厚，嘉气盈重岫。天未老，松犹茂。歌欢南极远，琴抚灵芝秀。星盏下，麻姑来祝无双寿。　　词度春秋好，文共溪山久。人尽羡，雕龙手。今将云母桂，再酿长生酒。千里望，影珠屋后芬芳透。

忆四平战役

铁城鼙鼓动天声，十万神兵一字横。
炮震楼头新月暗，刀寒岭背大旗明。
眼前芳草随云碧，身后黄沙带血倾。
四战至今人在否，疆场纵马尽群英。

浣溪沙·最美家庭胡金凤

八月秋声下浙西，彩衣暖树满园畦。楼头白发醉虹霓。　　家酒浓时轻燕舞，欢歌起处老人迷。涌泉心绪最难题。

谢子长

陕甘星火照霞红，势挟云雷气象雄。
马踏赤源思奋钺，兵临清涧欲盘弓。
青天光满黄芦宅，明月辉分翠叶丛。
灯盏一湾情未了，长留青史寄深衷。

【注】

赤源：地名，即子长县。清涧：地名，谢子长生前曾于此战斗。青天：谢子长被根据地百姓称为"谢青天"。灯盏湾：地名，为谢子长牺牲地。

杨子荣

冰封黑岭势岩峣，林海苍茫野色骄。
胆壮旌旗辉日彩，威融霜雪出尘嚣。
手中紫电堪擒虎，背上金翎可射雕。
远望东山皆沃土，春来万树沸如潮。

消防勇士

浓烟吞吐英雄气，烈焰蒸腾壮士心。
何惧祝融千丈火，敢凭沸鼎炼真金。

鹧鸪天·赞望城消防大队

遥望城头锦旆高，雄兵浩气薄云霄。火情十万披烟甲，地陷西南紧战袍。　经险难，镇狂潮。丹忱一片荐清寥。莫言勇士轻生死，为有神州分外娇。

次改正先生韵谨和

才虚未敢望巅峰，心有诗骚韵未穷。
窗外清钟声远近，楼头白塔影深浓。
高桐荫可开经帐，瘦马情难赋角弓。
君看太平桥上月，至今犹照一林红。

浣溪沙·赠立胜兄

曾记年前柏子香，与君同赏庆云黄。青萍剑抚柳丝长。　诗涨九门情激荡，歌飞绿岛气轩昂。相期再举紫霞觞。

浣溪沙·北流荔枝节

南国风来动玉林，满山红紫贵如金。与谁同入翠岩阴。　　双捧似闻妃子笑，千秋莫负水晶心。遥情还比绛云深。

鹧鸪天·夏邑长寿阁

镜彩湖波草树芳，远山隐隐瑞烟长。窗开红日腾天隅，檐驻翠云看鹤翔。　　风送暖，寿无疆。沱河百里泛崇光。灵霄殿上蟠桃熟，喜共人间醉玉觞。

浣溪沙·两广诗人雅集

珠玉连波向北流，会仙河上彩鸳浮。绿杨风软柳丝柔。　　欲起高吟灵洞外，已留雅唱万山头。天门开处一声秋。

鹧鸪天·时代楷模周亚夫赞

错落楼台绿影中，缤纷莺语水西东。霞披甘柿千堆锦，风染香莓万点红。　　高士策，夺天工。山川草木已盈胸。为圆黎庶丰年梦，愿化青泥护碧丛。

孝行赞并赠重庆石床村杨家

似有春风拂我襟，石床村口起芳音。
萱留朝露盈盈绿，菊染斜晖点点金。
家训百年犹可颂，宅同五世已难寻。
望中巴蜀烟云渺，难寄思君一寸心。

满庭芳·用冯泽老韵谨和

花绽轻红，柳添新翠，歌板何处清圆。把樽南望，莺语没遥天。此际千山露重，花溪畔，似有余寒。风吹起，斜阳一点，寄我寸心丹。　　斑斓。如昨日，流年一瞬，往事难删。忆华顶餐霞，月下呼泉。更有高明好景，容吾老，次第流连。今堪慰，堂前桃李，开到碧云边。

鹧鸪天·塞罕坝机械林场

坝上风光醉眼眸，高天如洗碧云流。岭浮远翠山容淡，水带澄蓝湖色幽。　　芳草绿，柳枝柔。衔花白鹿也回头。金莲争放东风里，春满围场歌满楼。

赠陕西省天然气股份有限公司

红霞千点锦斓斑，新染长安月一弯。
养得天然真气在，晴光瑞彩耀人寰。

雨中游兵马俑

郦山风雨接天低，黄土曾封八骏蹄。
唯有长城能不倒，秦师十万尽成泥。

黄河壶口

大河跌宕几时来，万古峰高铁锁开。
白雨连空堪溅月，寒声破壁欲喷雷。
忆中龙自涛头起，梦里鹤从川上回。
心有至情何所寄，快呼浊浪入银杯。

浣溪沙·南泥湾

风过泥湾曙色新，翠苗深浅草如茵。牛羊满
地燕来频。　　对酒长思龙虎旅，当歌已醉太平
人。清香浓处满园春。

癸巳恭王府海棠雅集

五色流霞梦里来，吟风满树玉棠开。
今宵偶入春深处，手把青梢细剪裁。

浣溪沙·海棠诗会

又到繁花吐艳时，绿红深浅竞芳枝。中天皓
彩出云迟。　　玉蕊无言谁会得，暗香有意只心
知。晚来何处寄清思。

满庭芳·癸巳恭王府海棠雅集

迤逦香风，怡人天气，满眼寒蕊幽芳。绿荫
浓淡，镜水漾瑶妆。粉腻红深倚遍，阑干外，翠
滴钗梁。莺声里，烟霞明灭，载梦入银塘。　　春
长。风笛起，纤枝雅唱，思绪纷茫。更谁证当时，
往事沧桑。惟有楼台萃景，浑依旧，壁彩如霜。
高吟处，斑斓一地，星月正交光。

桓台游红莲湖未遇花开

只见清波未见莲，但凭碎影忆田田。
若教湖上花皆放，一朵新荷值万钱。

浣溪沙·淄城雅集

三月春花分外娇，清风拂袂柳丝摇。呢喃双燕入烟霄。　　翠滴稷山宜纵马，香浮淄水可闻韶。长歌待把玉壶敲。

甲午海战 120 周年

九屿春回海树苍，烟波斜照两茫茫。
滩头帆挂百年耻，峰顶旗挥万丈光。
血化青虹常砥砺，心随健翮欲飞扬。
环疆寸寸皆吾土，要鼓长风振远航。

水调歌头·忆焦裕禄

谁引一壶酒，长酹向中州。飞鸿声里、有我遥绪共云流。倚槛江山铺锦，照眼桐林泛绿，天际瑞华浮。不复萧条景，遗爱满千秋。　　赴颠危，倾肝胆，壮宏猷。苍生在望、谁堪后乐与先忧。愿借移山浩气，来润桑田千亩，造物未迟留。夜夜黄河上，毅魄耀银钩。

菩萨蛮·刘公岛

春潮拍岸轻鸥舞，金轮散彩蛟龙吐。一色海天蓝，片云生远帆。　　衙深思旧主，甲午硝烟古。冷铁亦含悲，英魂归未归。

读习总书记《念奴娇》词

三月春声喷雪雷，黄沙万里翠云开。
桐摇眼底闻清籁，梅绽心头远俗埃。
飞笔每生强国梦，柱天须仗济时才。
回眸无限关山路，红锦韶光入画来。

延安宝塔山

望中古塔气豪雄，犹带千年霹雳风。
绝顶云疑春染碧，当头日似火烧红。
大旗已卷神州北，斗柄堪辉玉宇东。
延水翻腾山下过，涛声更比鼓声隆。

菩萨蛮·贺"三衢雅韵"网页开通

风前嫩碧连芳渚，瑞浮新港荆花舞。鸥起眼波青，天开霜露明。　　江南春色重，放我柯山梦。寒笛破幽燕，月圆衢水前。

卜算子·军旅诗词研讨会次诗银先生韵并和

红染腊前梢，枝上香如缕。折得疏梅一点春，满眼东风雨。　　映月岁寒姿，舞雪悠然句。醉里狂歌到碧霄，莫放流光去。

解放军某导弹部队巡礼

腊月风高北土寒，辕门遥望气如磐。
弩穿薄霭金蛇走，弹破浓云白羽残。
灯下吴钩辉战策，峰头铁甲耀征鞍。
但凭南海波涛涌，手舞长旌映日丹。

狂飙直上九霄东，千里妖氛四望空。
箭散金芒天帐碧，龙腾烈焰水云红。
燕山秋老堪鸣镝，绝域春回好试弓。
欲问儿男情几许，神州日夜在心中。

浣溪沙·观导弹营战士文艺演出

细柳营飞婉转歌，恍如白雪下银河。哨前吹绽一青萝。　　箭底金波连袖舞，手中紫电倚天磨。从戎岁月未蹉跎。

菩萨蛮·再到红螺山

红螺山上朝阳晓，红螺寺里梅花早。又到紫藤边，楼头人似烟。　　风斜竹影媚，泉滴珍珠碎。往事一年年，回眸霜满天。

浣溪沙·瞻仰韶山毛泽东故居

似有风雷到耳中，韶峰翠涌日轮东。山居虽老火星红。　　池上风来佳气暖，洞前水滴太和融。眉尖心事曲如弓。

谒顾炎武故居

灯放千枝耀眼光，秋山白水动人肠。
槐留傲骨青云下，石鼓高风北斗旁。
世事百年明得失，史书万卷鉴兴亡。
长歌一曲君知否，日满楼头草树芳。

甘肃环县行吟·灵武台

宋塔巍峨山翠开，浮云斜照两徘徊。
望中千缕台前柳，尽送西风袖底来。

环县文昌阁

高橹危槛倚城郭，霜景横开无限秋。
日下萧关天藻远，烟笼古堡岁华悠。
心中凤彩辉三省，梦里龙文壮九州。
气爽陇东凭吐纳，丹青笔挂万山头。

鹧鸪天·甘肃东老爷山

壑纵沟深山柿黄，寒崖古木间青墙。云生石
上丹台老，钟响楼头佛影长。　　经阁外，法莲旁。
狐仙大梦醒诗囊。青灯一点谁堪悟，中有轩辕万
古光。

浣溪沙·《诗词月刊》百期

东望辽河白浪催，金牛峰顶鹤争飞。乱红深
浅挂斜晖。　　湖海人歌青玉案，烟霞句入碧云
杯。楼高百尺任风吹。

贵州吟草兴仁苗寨

木楼石寨草亭秋，水绕青山自在流。
一夜笙箫歌婉转，彩丝青帕醉吟眸。

兴仁真武楼

山前红树舞娉婷，把酒殷勤对翠屏。
不见楼头真武在，空余石海向人青。

黔西秋晚

东湖风日佳，十月秋难老。
奇果岭头黄，野莺枝上闹。
水同天浩茫，人与云飘渺。
一点妙明心，古今皆在抱。

深秋再访贵州大学

帐设西南尺牍真，重来不复昔年身。
书香已共秋香溢，诗梦常同春梦新。
一鉴花溪清似玉，百年草树碧如茵。
河汾月到心田上，洙泗堂前问旧邻。

踏莎行·绥阳大风洞

　　烟淡山幽，风来洞启。蓬莱疑在双河里。亿年壁绽石榴花，千寻岩挂琉璃水。　　玉殿香浓，瑶池珠翠。天生桥上仙人媚。行来如梦复如真，霞飞五彩遥相对。

忆袁崇焕

　　漫天烽火起辽东，瀚漠旗翻霹雳风。
　　匹马奔星刀影乱，苍鹰掣电鼓声隆。
　　月悬大义堪流碧，日有坚贞尽吐红。
　　报国只今心未死，悲歌慷慨响遥空。

台山海玉

　　瑶珍一粒出金沙，历尽朝霞复晚霞。
　　隐约珠光凝露彩，依稀宝气染烟华。
　　精魂欲共海魂远，素影常随月影斜。
　　遥听滩头歌又起，那琴波涌水晶花。

癸巳中秋

秋水一湾落晓星，心如明月月如冰。
谁悬宝鉴三千尺，来证人间未了情。

鹧鸪天·即墨鹤山

玉羽随风在九天，紫霞如锦翠岩边。桐生金
井三秋露，炉起混元五色烟。　　钟破晓，水鸣弦。
花拈佛影日初圆。行来最爱山深处，一线天开两
大千。

徐州胡琴博物馆

翠坞笼秋远俗埃，芳园隐隐雨中开。
满庭竹影连花影，一缕琴声待客来。

云龙湖

欲把涟漪弄，秋初暮色微。
凝烟疏竹嫩，带雨绿莎肥。
云缦帆边起，鳞光海上归。
风中长袂舞，玉管为谁挥。

云龙山

袖底风来身欲飘，岚横九节雨潇潇。
跳珠石乱泉声老，漱玉潭空鹤影遥。
梦有祥莲通化境，心留明月寄清寥。
生来若许千年上，未必东坡不可邀。

临江仙·窑湾古镇

熙攘长衢鬓影，淡浓曲井花香。繁华疑胜古钱塘。窑浮千载事，盏泛百年光。　　帆外满湖秋色，楼头一树斜阳。多情谁与折芦黄。人同流水远，梦里月如霜。

用国钦兄千金大婚韵并和

恰似芙蓉出水红，明霞淡霭小园东。
枝头忽见双莺起，飞入无边锦绣中。

金丝绫被玉丁冬，当户三星泛绿钟。
唤得津桥横碧汉，满堂花似女儿容。

卜算子·《浙江诗潮》百期有贺

秋色满西湖，梦回垂杨岸。剪水生花曾几时，不觉光阴换。　　欲起短长歌，来舞红牙板。愿作南天一雁飞，翼振钱塘上。

南歌子·香港林峰吟长八旬寿诞

江上金波涌，堂前桂影斜。欢声瑞彩满天涯，道是峰回园里有仙芭。　　心淡歌慷慨，神清境自佳。许君不使鬓双华，犹向烂柯深处舞朝霞。

西夏王陵

千年不复旧君王，惟见残丘冷夕阳。
隐约车前弓抱月，依稀马首剑凝霜。
风回大漠关河古，雁唳空山草木黄。
许是贺兰多感慨，浮云野色两茫茫。

浣溪沙·黄河漂流

东去黄河势未休，长风吹筏向中流。连山翠色满洲头。　　河是沙魂难照月，沙为河骨可听秋。古今人似往来鸥。

菩萨蛮·腾格里沙漠

金波横卷三千里，驼峰遥自天边起。歌啸塞云长，草分斜照黄。　　心头沙似雪，丝路风如铁。瀚海有孤舟，望中无限秋。

癸巳初夏陪梁东冯泽孝琼诸老游花溪

清风如有约，涌翠到花溪。
低眉无蝶语，回首有莺啼。
茶赌兰波上，盏挥莲叶西。
待寻真趣味，月与柳梢齐。

浣溪沙·"中华文化四海行"之贵州

甲秀楼头兰蕙新，花溪如梦草如茵。风前丝管遏流云。　　文灿奎星歌雅韵，霞飞东岭唤阳春。楚骚一曲古今闻。

鹧鸪天·子曰诗社庆典

又起连霄大雅声，怀中笛共月眉横。嫣红尽染琉璃盏，浓碧初回翡翠屏。　　崇子曰，纵歌行。清风白雪满春庭。新来觅得昌黎句，要写燕山万仞青。

鹧鸪天·新政感怀

丹顶横空晓气长，海天春暖九衢芳。一川霞映升平日，千树岚凝智慧光。　　逢德泰，庆文昌。清风吹绿小康庄。补天更仗经纶手，快剪红绫入太苍。

弓长岭怀雷锋

岭上初晴草木芳，好风拂处鹤高翔。
琉璃水涌春波暖，华表山浮英气长。
人有丹心堪映火，天留明月可凌霜。
螺钉一点情千里，七字言开万丈光。

谨步马凯同志开春感怀韵并和

川晴山野绿，千树入遥晖。
新曙连云起，东风尽日吹。
雄图开玉笔，彩管舞春菲。
三月情如酒，天边万马归。

元韵恭和马凯同志雪日读书有感

书山花不语，独绽一枝春。
帷下非无意，砚穿疑有神。
囊萤红叶渡，映月绿杨村。
卷里潜心久，披肝仰至人。

浣溪沙·杜甫草堂有怀

风度柴门岁月长，楼头夕照又昏黄。浣花往事有余芳。　　巴蜀蓬高心勇健，湖湘舟老句铿锵。杯浮锦绣出明堂。

湖南宝峰湖

宝峰涌翠入苍冥，如洗湖天分外青。
珠吐玉蟾开雾帐，翎分金雀上春屏。
疏枝长向指间绕，幽瀑宜从石上听。
许是中霄神女在，瑶池洒落一坛星。

浣溪沙·金鞭溪

翠满双眸花满肩，彩鸾遥出武陵烟。行来一步一重天。　　鞭响崖颠心镜朗，歌飞溪上水裙圆。春风摇在画图间。

浣溪沙·重到天门山

五色光随绝壁斜，青岚浮动满林花。依然风片软如纱。　　玉女岩开呼白鹤，天门洞晓走灵蛇。且乘好景觅银槎。

甲午恭王府海棠雅集

千点烟梢乱碧天，满园锦萼动丝弦。
海棠开在黄昏后，芳蝶梦回春色前。

甲午海棠雅集

恰是轻寒乍暖时，阶前嫩蕊带烟滋。
浅深红染琴边酒，浓淡绿催花上诗。
坐送芳华辉远殿，闲观清气涨新池。
如何得借千年色，来写人间绝世姿。

浣溪沙·海棠雅集

笔下丹青入骨浓，枝头飞雪锦成丛。暮天清影画楼东。　　叶底应留今日句，花间可觅去年踪。与谁相守待新红。

新洲雅集用笃文老韵并和

恍如玉屑下清寥，大梦浑圆月色娇。
万朵银花争入海，乾坤顿起广陵潮，

古代名医咏

张介宾

笔开八阵气堂堂，十问歌头百草芳。
天宝高悬惟大日，先生一脉在真阳。

傅青主

守得松操一味真，春雷气撼九衢尘。
千峰许是无从削，高卧青山作主人。

张璐

西去洞庭一石顽，度人每自鬼门关。
何须愁怅丹霞老，要带春风两袖还。

叶天士

月中丹桂有奇株，散郁回春世上无。
但得芳林留一叶，香岩清气满三吴。

薛雪

南园一夜雪茫茫，难掩庄前绿萼香。
更向无边原上望，缤纷桔杏早成行。

徐大椿

原为天上一灵胎，不入瑶京入九垓。
种得人间花万树，暖风红日送春来。

郑宏纲

重楼玉钥价千金，雪萼山光动上林。
盛世大医何所有，一腔浑是活人心。

吴鞠通

回生乏术我心悲，病有疑难可问谁。
今立三焦参化变，药贮金鼎待君为。

鹧鸪天·迎春

蓦见新莺曙色东，绿杯尽泛寸心中。千年光夺扶桑日，万里春涵两浙风。　山海阔，水天红。冻雷响作满城钟。幽燕尚有霜霾在，快起清飚下九重。

次袁公第锐《古琴台》韵并和

世间一诺重千金，倾盖谊同江海深。
独立山前人最苦，从今不复伯牙琴。

空阶直任晚风侵，信是名山有大音。
无奈天声求未得，松涛听作短长吟。

山似银屏水似金，径幽不觉夜钟沉。
与君醉向湖边望，一点波翻万古心。

浣溪沙·云和仙宫湖

十月云和似画中，青山隐隐水溶溶。秋阳一抹透帆红。　瀑落崖巅危嶂直，松横岭脚翠烟浓。壶天何处是仙宫。

浣溪沙·贺赵抱衡先生六十年艺术展开幕

双舞仙鸿入眼眸，缤纷花雨满中州。清词一曲为君留。　　琴抚广陵堪驻马，笔生白浪可飞舟。彩云正绕谢公楼。

卜算子·延庆道中赏红叶

烟薄散花天，云淡清郊路。千树霜枫入眼明，百里红霞吐。　　伊似画中来，我向花前舞。坐爱秋山不肯归，为把丹心谱。

凤栖梧·延庆古崖居

百丈峰高灵洞晓，石室千年，一点秋难老。梁馆宋台灯火杳，往来人事何飘渺。　　妫水悠悠金练照，霜叶枝头，冉冉红云绕。风月多情天日好，崖居又起奚人调，

浣溪沙·贺龙游县文代会召开

秋满江南晓气长，千林红树百年芳。高天雁染瑞云黄。　　灵水波翻金石乐，岑山瀑泻电雷章。快风新雨共低昂。

读善助先生书

善助先生沪上书家也，道艺精深，名闻海内。观其书则银钩铁画，金光辉耀；颜筋柳骨，玉泽清宏。今接大墨，愈觉神形兼备，气韵双收，遂遥呈一律，略抒心境也。

何处风清云影动，淋漓一气右军书。
红飞石上晓星满，翠滴崖巅秋月初。
推墨堪邀辽北鹤，挥毫可唤海南鱼。
漫天花雨如相识，文锦斑斓照我庐。

鹧鸪天·喜贺十八大

紫禁城开浩荡秋，燕山如玉翠如流。谁将五彩清和景，绘作千年壮丽州。　星斗转，露华浮。团栾佳气动双眸。长歌声里潜龙起，十月雷奔天尽头。

武当山

七二峰高欲接天，危崖壁立涌青莲。
雁横金顶云岚紫，笛绕琼台月色妍。
济世壶随玄武侧，求真杖向老君悬。
更趋北极邀星斗，长使太和辉大千。

鹧鸪天·"武当大兴六百年"观礼

玉种神鳌六百年，云笼金阙下人间。千山朝却心珠朗，万木春回神镜圆。　　光夺日，气涵天。芙蓉花绽紫霄巅。三清真趣谁能解，细听钟声入远烟。

破阵子·芒砀山怀古

碧落光磨一剑，乾坤基奠三章。白刃锋寒秦地月，猛士威争紫堞霜。大风动未央。　　隐约天边鹤舞，扶摇臂上鹰扬。丰水朝宗天泽远，芒砀浮青霸业长。无边云气狂。

鹧鸪天·悼张结老

九月秋高林未残，新华鹤远痛椒兰。红河风起波声碎。平壤云悲山色寒。　　珠露碧，叶流丹，故人思绪到毫端。吟来不觉沉沉夜，犹恐招魂句未安。

洪泽湖

长堤百里镜中开，浩荡天风湖上来。

樯挂荷田千载雪，浪奔柳岸一声雷。

混茫云自心头过，高下鸥从眼底回。

最爱斜阳红尽处，青山几点似蓬莱。

临江仙·老子山

山下洪波晴外涨，山中秋晚莎深。青牛西去杳难寻。红炉香未了，灵洞古灰沉。   过尽流云天一色，九皋凤落松阴。丹崖如梦菊如金。太霄闻玉笛，莫负老君心。

踏莎行·洛阳牡丹

洛浦名葩，邙山奇蕊。无双富丽千般媚。檀心一任晓风吹，枝头万卷文章贵。   霁月精神，光风格气。丹心如铁凭谁寄。等闲不肯事东君，此生愿作人间瑞。

太子河

满川烟草暮云寒，太子河心涨碧澜。
一曲离歌犹在耳，空余衍水唤燕丹。

燕州古城

残基何处古燕州，城上云开浩荡秋。
辽塞梦随旌旆舞，长天月共剑虹浮。
树经霜雪情难老，浪拍滩沙势未休。
更有连山青不改，拼将翠色入沧流。

临江仙·广佑寺

广佑雄图谁绘得，嵯峨白塔千年。宝光瑞霭
涌金莲。庄严三圣地，清净大罗天。　　风过回
廊秋叶响，心头佛语初圆。问禅未觉夕阳偏。不
知僧众里，可悟去来缘。

浣溪沙·乌兰布统怀前清大将佟国刚

坝上风高逐马蹄，连山芳草与天齐。苍茫林
海雁行西。　　紫塞千重君未死，沙场百战我来
迟。心头白日贯虹霓。

鹧鸪天·红山

　　驼畔峰开一线天，红山未老九千年。月邀崖上秋心柳，风度佛头碧玉田。　　云缱绻，水无言。回眸花树两缠绵。此间往事凭谁问，遥听松声入管弦。

沛县歌风台

　　高台四顾雨潇潇，遥对孤芳倍寂寥。
　　思接砀山灵岫远，气吞丰泽北辰高。
　　关中犹记三章事，泗上如闻九月潮。
　　把盏莫吟惆怅句，大风起处响惊飚。

浣溪沙·微山湖

　　细浪微风入眼眸，水天浮动藕花洲。碧云一片往来鸥。　　楼影参差帆影远，滩声远近橹声柔。湖光几许到心头。

上思蔗海

　　芝田千亩绕花村，雨后青山绿到门。
　　觅取蔗林青一段，中间点点见诗痕。

雨中游十万大山

雨滴明如风里色，风声清似雨前钟。
大山飘渺谁能数，我在云边第几重。

鹧鸪天·贺宜州民歌手诗词创作会召开

又到梅黄五月天，连宵细雨最缠绵。珍珠墨洒层层绿，玉女歌飞字字圆。　倾玉液，抚丝弦，宜山韵染上林烟。南来欲把琼瑶赠，再剪新枝入雅篇。

沁园春·"神九"畅想

烈焰蒸腾，电走雷鸣，气吐箭张。正河清海晏，穹窿净彻；峰低岳小，碧落苍茫。大野无声，乾坤有象，顿起瞳瞳万丈光。凝眸处，有火龙破雾，遁入玄黄。　撕开八极洪荒，更谁主神宫拓宇疆。喜星垂银汉，炳辉猛士；月移金殿，波漾红妆。穿过天心，再旋天纽，试绾长缨系烈阳。青冥上，看瑶姬舞动，白羽千双。

满庭芳·读淼公《卯兔集》有呈

序逐金牛，岁开卯兔，日暖千里乡关。望中秦晋，词彩梦边还。夹道榆钱万片，参差起，飞入花间。烟霞里，草青陇亩，心底翠茸翻。　　凭栏，思万里，春歌雪咏，都入新篇。便欧雨西风，也醉樽前。犹领乾清雅韵，双溪上，再涌文澜。沉吟久，大音未了，更谱寸心丹。

南歌子·寿沈鹏老八旬华诞

风袅晴烟细，珠凝玉树清。舞催三叠吐琼英，醉得满堂锦绣尽东倾。　　铁划临笺古，银毫带月明。燕山云老起苍鹏，要踏青冥九万作歌行。

浣溪沙·贺迅甫先生《农民工之歌》付梓

振臂长歌动上林，大音一曲价千金。怜农幽绪向谁吟。　　泼墨原无回斗力，抛砖却有补天心。九州花暖赖春阴。

浣溪沙·武阳春雨

金鼎香浮玉百团，春风醉倒碧栏杆。眉边月影几时弯。　　翠滴驼崖摇意蕊，烟飞龙瀑出情澜。仙芽一片欲寻难。

【注】
武阳春雨，为浙江名茶，产自武义。双驼崖、龙潭瀑布皆为武义胜景。

抗雪救灾

苍茫天地合，惨慄朔风吹。
剑破冰如镜，旗翻雪作眉。

西江月·中秋

纷扰红尘浊世，混茫湖海人生。峰头又见玉绳横，万里星河耿耿。　　夜永黄花正好，天高长笛初清。遥怀已共月华明，抱起一团秋影。

减字木兰花·月夜

夜凉如水，露挂楼头千尺翠。玉镜新磨，要照婵娟下月河。　　香飘云背，天上人间同此会。荷影娉婷，人与秋风一样清。

浣溪沙·中华诗词学会成立二十周年感赋

野碧山欢老树新，暖风佳气拂星辰。梅香浮动满园春。　　琼海轻歌催腊雪，钧天狂舞破朱尘。清辉万古是骚魂。

西江月·雁荡灵峰

削出双峰如掌，泻来白练如虹。秋光尽落水西东，翠滴玲珑三洞。　　鸟际云心出岫，林端佛阁横空。天风吹得笔生花，来续瑶台一梦。

抗震救灾有感

狂飚惊四蜀，霹雳动乾坤。
地陷峰崖裂，天摇日月昏。
颠危知铁胆，板荡见精魂。
风过三千界，春回泪眼温。

生查子·梅岩精舍

精舍入晴岚，风竹浓如秀。岩碧燕飞低，梅老云根瘦。　　水共落霞红，心与清漪皱。最好是三春，花探柯山后。

西江月·赠陶百妍女士

雪绽疏枝千百，风生冷萼清妍。翠光浓处水裙圆，波静寒深春浅。　　诗与幽花对舞，酒同山梦缠绵。天边新月到眉边，点点兰心慧眼。

次冯泽老八十述怀韵谨寿

耄年事业未蹉跎，独揽栖霞岫色多。
霜鬓未衰能仗钺，壮心犹在可挥戈。
花香溪上三清乐，秀甲楼头一曲歌。
最喜中秋吹笛夜，随翁策杖立东坡。

鹧鸪天·衢州市诗词学会成立二十周年

霞冠天边瀫水红，山凝紫气烂柯东。芙蓉句绽三千斛，金粟歌飞百二重。　　秋色暖，绿蚁浓，尽呼锦绣入囊中。遥看今夜霜风下，会有飙狂万马雄。

临江仙·凤凰城

环曲江楼浮翠，参差水阁疏明。岚光遥落凤凰城。梦随渔火远，思逐暮云生。　　鸟宿数枝花小，帆低一叶风轻。笙歌夜笛满烟汀。今宵人去后，谁送月西行。

过大均

村口清风拂翠岚，畲乡物景似曾谙。
云堆阁上堪裁锦，露滴溪头欲透蓝。
白鸟才飞长柳外，青牛又入古槐南。
只今谁与归田去，手把寒英笛弄三。

飞石岭

梦同岚影风前合，心似山花带雨开。
行到谷幽泉落处，岭深未见石飞来。

浣溪沙·雷峰赏月

杨柳堆烟花影疏，秋光月色满西湖。九天风露似珍珠。　　对酒唯期今夜好，歌词须唱昔年无。白蛇千载又何如。

又一首

塔倚青山丝管高，如霜轮彩出花梢。玉壶桂魄两难抛。　　灯灿星河裁碎锦，珠明火树带绮绡。与谁放鹤听秋涛。

浣溪沙·河北青山关

秋老蓟门岁月匆，云飞天半起征鸿。寒关隐隐水溶溶。　　陷阵旌旗辉塞北，麾军号角鼓楼东。无边晚翠待霜浓。

浣溪沙·江滨公园并赠龙游县建设局

春过江滨绿渐浓，浩歌起处凤翔东。滩声廊影入怀中。　　翥水吹葭知象妙，染云作画得天工。连城花放一千重。

菩萨蛮·雁湖

青山远近湖天渺，芦花两岸曦光好。岭上碧云垂，滩前双雁飞。　　带罗银瀑小，珠吐檀心巧。何处觅诗痕，香浮秋满樽。

赴京前夕 (选二)

辛卯初秋，吾将举家北迁。细思前尘，感慨良多。聊赋四绝，以抒心境。

幽燕北去片云孤，一曲离歌酒一壶。
回首关山千万里，故乡背影未模糊。

诸君高义比黄金，明月升沉鉴我心。
别绪笼眉抛不得，此生最爱是乡音。

悼春龄老

傅老春龄，吾浙骚坛耆宿也，于辛卯肇秋骤然西归。时余在黔中，不及躬临致祭。遂撰挽联，遥伸奠意。然亦未尽哀思于万一也。每忆及此，五内俱恸。故再赋此律，以悼尊长也。

竹老南山犹未黄，三衢东望有新霜。
俦台有幸亲骚雅，泉路无由问短长。
古寺花残秋渐老，空潭月落夜初凉。
只今惟恨蓬瀛远，忍荐心香对晚阳。

朝中措·再游绍兴东湖

远山漠漠月溶溶，细雨湿新红。柳挂春风万缕，竹摇翠浪千重。　　莺声未老，画舫犹在，鹤影连空。记得去年今日，海棠开满湖东。

踏莎行·兰亭雅集

风定云闲，水低鳞紫。山间一抹林梢翠。雁衔秋色到天涯，梦中谁约兰亭会。　　暖酒流觞，焚香修禊。墨光千古犹相对。诗中寒菊画中人，金樽试把娥眉醉。

金湖荷花荡

嫩绿摇波软似烟，轻绡顾影倍堪怜。
谁人会得花心里，早有清芬涨满天。

白马湖

好水明如镜，连天暮色空。
停舟呼白马，对酒唤艄翁。
绮散滩声外，花飞波影东。
淮扬秋一点，落在此湖中。

春到齐溪

翠满春三月，风轻白日低。

舟横村柳下，桥没菜花西。

玉露生新芷，心波润浅泥。

谁催明媚色，喷涌入齐溪。

龙年气象

夜半阳升岁又更，元龙起处碧云横。

雷奔浊浪三千丈，电掣长风九万程。

犹借奋鬐增雨势，更凭昂首作春声。

寻来已见霜枝动，笑看丰年雪满城。

黄花冈

——纪念辛亥革命一百周年

何故黄花不肯凋，珠江往事未曾遥。

亿年海国生豪气，万壑雷声下碧寥。

已许头颅酬社稷，早留志节薄云霄。

英雄血涌三千丈，遍染朝霞似火烧。

用韵并寿元章老九十生辰

云路苍茫未觉非，南来佳讯有芳薇。
碧垂枝上千年露，红染峰头百丈晖。
文思未随松月老，琼章犹共墨花飞。
眉州道上春长好，手捧蟠桃不肯归。

醉桃源·别友

故人东去有谁知，花中有我思。窗前残柳影
参差，长宵入梦迟。　　星汉渺，淡烟低，霜鸿
绕树啼。孤踪何处小楼西，归来月满衣。

鹧鸪天·雨中红螺山

秋雨连天柳线垂，老苔翻碧乱花飞。林浮远
岫云何处，波涌红螺梦里回。　　璎珞润，玉珠肥，
松间精舍有清辉。行来散却千金去，欲换山间月
一眉。

中秋寄台湾友人

玉管飞时云翅舞，桂枝香处酒杯深。
半空月染乾坤白，一色秋涵两地心。

鹧鸪天·蕉园诗社五周年

快剪春风入玉弦，钱塘水碧拥婵娟。笔花浓淡生香芷，墨树参差起瑞烟。　苏子侧，少陵边，蕉红一串鸟声妍。且将月户溶溶意，谱作清歌字字圆。

与冯泽老重游黄果树瀑布

浑似千年河汉开，泉飞万丈下天台。

寒声破壁喷晴雪，怒派穿云吼巨雷。

珠滚树梢应有致，琴鸣石纽愧无才。

梦回黄果情如雨，五彩秋晖入眼来。

延安文艺颂

万朵霞飞延水东，文行九锡动遥空。

二为曲谱铿锵语，双百花开锦绣丛。

日暖桑河情未减，星罗赤叶火犹红。

凭谁再借凌云笔，欲挂天腰作彩虹。

【注】

日暖桑河，指丁玲的小说《太阳照在桑乾河上》。

星罗赤叶，指阮章竞的歌剧《赤叶河》

减字木兰花·寄远

苍茫云水，迢递青山千万里。芳草浓时，廿四桥头春未迟。　　烟笼三月，来看木兰花一叶。淡伫湖楼，人影婆娑柳影柔。

水调歌头·青藏铁路开通

鬓卷野蒿白，眉染塞沙黄。鼓鼙声震山岳，揽辔斗洪荒。唤得玄龙狂舞，搅起银涛千丈，气吐迅雷张。要化珠峰雪，来醉手中觞。　　戈壁青，唐藩古，远烟苍。征尘洗却，旌旗十万浴朝阳。眼里昆仑在抱，回首天河凝碧。坡上见牛羊。但借云车去，长卧雪莲旁。

鹧鸪天·浙江科力印业公司

芳草幽园树影斜，流金霜露淡秋华。新池积翠窥鱼戏，灵雀婆娑印玉沙。　　杯在手，墨飞花。清歌邀月走龙蛇。连宵笔舞精光动，宝篆如丝吐彩霞。

文稿

中国古典诗美的语言特征

　　诗词之美，如锦如霞；诗词之美，如酒如茶。诗词之美乃天下之极美，诗词之美乃人间之至美。一首好诗能怡人眼目，爽人心神，一首好诗能催人泪下，动人肺腑。诗美丰富多彩、斑斓五色。诗美只可意会，难以言传。但百川归海，万象宗元。诗词意境的深浅、韵味的厚薄、格局的大小、情感的强弱等等，最后都须通过诗词语言来得以体现，故语言就成了诗美的最终载体。所以"语意两工"是诗词创作的最高境界，也是诗人追求的终极目标。又由于诗人的精神世界、人格修养、情趣喜好的不同，他们所表现出来的诗美语言也姹紫嫣红，百态千姿。有的纤丽秾艳，有的平淡浅显、有的豪迈慷慨、有的婉约温厚。如李杜之与苏辛，欧晏之与元白，皆风格各异，言辞迥然。今试从以下几个方面来阐述古典诗美的语言特征。

一、绮丽香艳之与淡雅自然

　　绮丽香艳之风格语言因花间词和宫体诗的出现而风靡一时。并得到了后世诗人词家的广泛追捧而经久不衰。此类作品风格明丽，语言秾艳。铺锦列绣，镂金错彩。给人以极大的心灵温润和视觉美感。读之则赏心悦目，不忍释卷。如南唐温庭筠的《菩萨蛮》："小山重叠金明灭，鬓云欲度香腮雪。懒起画娥眉，弄妆梳洗迟。照花前后镜，花面交相映，新帖绣罗襦，双双金鹧鸪。"

　　此词写女子独处深闺，晨起梳妆之情景。从女主人居处环境之优雅，可以得知这是一个富贵人家。上片第一句，"小山"是屏风。一般的屏风，都是六扇相连，故云"小山重叠"。"金明灭"是写早晨的阳光，并暗示已日上三竿，时光不早。第二句意为浓厚的鬓发几乎要掩盖了雪白的面颊。以"云"作发，以"雪"喻面，用词极尽典丽。第三、四句写美人晏起，梳妆迟了。尽写女人慵懒之态并由此引出孤苦寂寞之思妇形象。下片第三、四句写美人梳妆完毕后穿上新做的绣花衣服。看到衣上绣着成双作对的鹧鸪，因而有所感伤。结句更以"新帖绣罗襦，双双金鹧鸪"来反衬夫君远离，影只形单之孤怀。其出句富艳精靡，纤美细腻。如国画之工笔，重妆浓彩又精雕细琢。后人称之曰"温丽芊绵，已是宋人门径。"可谓不虚。

　　"初唐四杰"之一的骆宾王有一首《昭君怨》诗："敛容辞豹尾，缄恨度龙鳞。金钿明汉月，玉箸染胡尘。古镜菱花暗，愁眉柳叶颦。唯有清笳曲，时闻芳树春。"

　　《昭君怨》诗五言八句，辞采华赡，格律谨严。极其奢华典雅，美艳新绮。诗中用"豹尾""龙鳞"来形容皇家车马服饰的豪华，用"金钿""玉箸"来形容女人装饰的富丽，"菱花""清笳"来形容日常器物。"愁眉""芳树"等形容词的铺陈皆别居匠心，华美典丽。其大墨淋漓而不显涩重，精工勾勒而不显繁琐，此超妙境界，不愧为大家手笔。其他如王维的《和贾至舍人早朝大明宫》，李贺的《雁门太守行》《杨生青花紫石砚歌》等皆设色浓艳，气象堂皇或藻饰诡异，铺张扬厉。诗人用浓重的语言色彩给人以强烈的视觉冲击和心灵震撼，从而起到寄情于景，言志抒怀的效果。

淡雅自然看去着色浅显，平淡无奇，其实劲力内蓄，别有境界。南宋魏庆之曾道："用意要精深，下语要平易，此诗人之难"（《诗人玉屑》）。同时代的葛立方对此则更有详尽之论述："大抵欲造平淡，当自绚丽中来。落其华芬，然后可造平淡之境"（《韵语阳秋》）。金人元好问亦有"一语天然万古新，豪华落尽见真淳"（《论诗三十首·其四》）之名句。由此可见，诗家所说之平淡乃洗尽铅华之平淡，乃返璞归真之平淡。若无此一说，则流于粗俗，近乎浅薄也。

试看唐代田园诗人孟浩然之《春晓》："春眠不觉晓，处处闻啼鸟。夜来风雨声，花落知多少。"此诗语言极平易、极浅显，已至老妪能解之境。但愈读愈奇，愈读愈妙，便如洞中岁月，天地别开。诗人咏春却不直接道来。而从酣睡醒来着笔，以鸟声入耳铺开，可谓视角独特，笔致不凡。此诗通过春睡之甜美、鸟声之悦耳来体现大自然的蓬勃生机和诗人对春天的喜爱与欢欣。其时间之错纵、晴雨之转换、心情之起伏都令人趣味横生，如饮醇醪，悠然成醉也。语虽浅但自然天成，句虽白但情趣盎然。"文章本天成，妙手偶得之"，此诗亦堪称之为言浅意深，情与景会之人间天籁。

再如李太白的《静夜思》："床前明月光，疑是地上霜。举头望明月，低头思故乡。"其与孟浩然的《春晓》亦有异曲同工之妙。全诗纯用口语，通篇白描。既无新颖奇特之构思，又无精艳华丽之辞藻。就像邻里家常，娓娓道来。那种看似宁静的画面背后，涌动的是人在他乡的羁旅情丝。表面波澜不惊，内心思潮澎湃就是这首诗给我们最真实的感受。

胡应麟说："太白诸绝句，信口而成，所谓无意于工而无不工者。"（《诗薮·内编》）太白诗里多有这种脱口而出的朴素和清新，但思想内涵却极其深刻和丰富，令人反复体味，咀嚼不尽。

二、新妙精巧之于粗犷疏拙

明李东阳云："诗贵不经人道语。自有诗以来，经几千百人，出几千万语，而不能穷，是物之理无穷，而诗之道亦无穷也。"不经人道语必新奇巧妙，与众不同。一如韩昌黎所言之"惟陈言之务去"。粗犷疏拙是与新妙精巧相对而言，新与粗，妙与拙皆奇正相间、巧拙相生。两者一经诗人之口，皆可臻至美之境，达大化之道也。但古人论诗，曾有重拙轻巧之说。如清人吴骞在《拜金堂诗话》中说道："昔人论诗，有用巧不如用拙语。然诗有用巧而见工，亦有用拙而愈胜者。"所谓大巧若拙，大拙近巧；燕瘦环肥，各有千秋。

唐朝韩愈的《春雪》诗就写得极为精巧："新年都未有芳华，二月初惊见草芽。白雪却嫌春色晚，故穿庭树作飞花。"新年过后便是立春，只是百花犹在深闺，不得一见，令诗人好生失望。但期盼之中忽见草芽初露，诗人又倍觉惊喜。此一"惊"字最堪玩味，有惊讶、惊喜、惊叹等诸般情态在内，显得生动灵巧。绝妙之处还在转合之际；上天白雪亦解人意，故作飞花，遍洒人间。在诗人眼中，此间之雪花便是报春天使，漫妙无比。构思奇特之中又内蕴生机。诗人翻因为果、化静为动的拟人化手法极富浪漫色彩，如天外飞仙，神来之笔。初春的冷落刹那间热闹纷繁使读者如入山阴道上，目不暇接。此诗能于熟景中翻出新意，奇警工巧，最是别开生面。

宋人杨万里有首七绝《小池》："泉眼无声惜细流，树阴照水爱晴柔。小荷才露尖尖角，早有蜻蜓立上头。"此诗通体玲珑，天真可爱。泉眼、树阴本无情之物，但此处诗人借一"惜"一"照"两个动词之妙用，使无情之天然物态化作有情。且营造出清幽明澈，兴味盎然之山光水境。最妙在三四两句，荷尖刚出水面，便有青蜓飞来。"才"和"早"两个虚词的锤炼可谓妙不可言，极尽机巧。千种天机，万般生趣都聚焦于结拍一句，显得光芒四射，闪亮无比。诚斋以诗写景，用极其敏锐的视角定格了这一稍纵即逝的瞬间，让刹那间的美丽绽放成永恒之风景，从而幻化为一幅妙趣横生的图画。陈与义"忽有好诗生眼底，安排句法已难寻"最可视为此诗妙解。

粗犷疏拙即自然浑成，不事雕琢之谓。大多具有言拙意工，言浅意深之内涵，力争给人一种古雅朴拙之美，历代前贤皆有是作并为之不懈求索。如宋人罗大经曾道："诗惟拙句最难，至于拙，则浑然天成，工巧不足言矣。"（《鹤林玉露》）试看贾岛的《寻隐者不遇》："松下问童子，言师采药去。只在此山中，云深不知处。"贾岛以苦吟名世，"推敲"一典无人不知。而其推敲并不局限于字词一道，谋篇布局、风格体裁、意境构思等皆在其例。此诗便是其大巧若拙之成功范例。此诗言语极平淡，极简练，但其情感却极深沉、极真挚。寻常访友，知友外出，便兴尽而返，如雪夜之访戴。而此处则不然，贾岛是一问再问，其言甚累；而童子也是一答再答，不厌其烦。一问一答，逐层深入，诗人之情亦随之起伏。初问童子，满心欢喜，言师不在则怅然若失。知在山中又重燃希望，至不知所终又大失所望也。其笔触一转再转，其情感亦一变再变。而语言却简明至极，其用简笔写繁情，益见情真意切。且诗中未着一色，白描无华。但内在却色彩鲜艳，分明可感。山之青、松之绿、云之白皆暗寓诗中，真是不着一字，尽得风流之大拙又大巧也。

　　李之仪的《卜算子》词也是这种写法："我住长江头，君住长江尾。日日思君不见君，共饮长江水。此水几时休，此恨何时已。只愿君心似我心，定不负相思意。"此词用语朴素，通透明了。写情人两地想思却不得见，只好借一江之水遥寄情思。见水思君，思君恨水。此水不竭，此情不已。长江寄托着情人的相思，也流淌着情人的爱恋。词人有千般手法、万种语言来叙述恋情，抒发心怀。但李之仪恰恰运用了这种复沓朴拙的作法，不敷粉，不着色，如江水般自然奔流。这种大胆直白的表达却有一种深挚婉转的情感暗蓄其中，而独葆高致。朴素的语言经过叙述的转折和递进给了我们笔墨的味外之味。可以说拙中见巧，朴中见色。毛晋在《姑溪词跋》说"姑溪词，长于淡语、景语、情语"。信然！

三、刚健雄豪之与婉约柔美

　　刚健雄豪是中国古典诗美的重要特征，其语言清雄豪迈，慷慨排奡；或劲健凌空，悲壮深沉。如峻岭峥嵘，又似大海呼啸。代表人物如苏子瞻、辛弃疾、张孝祥、陆放翁、陈人杰、文天祥等等。清人姚鼐曾云："得于阳与刚之美者，其文如霆如电，如决大河，如奔骐骥；得于阴与柔之美者，其文如云如霞，如幽林曲涧，如珠玉之辉。"（《复鲁絜非书》）著名美学家朱光潜先生曾把刚柔之美比作："胡马秋风塞北，杏花春雨江南。"极其形象。刚性之美见于力度，以气概为胜。

柔性之美则见于性情，以神韵为工。一刚一柔，一奇一正，互为支撑，各具乾坤。

"落日绣帘卷，亭下水连空。知君为我新作，窗户湿青红。长记平山堂上，敧枕江南烟雨，杳杳没孤鸿。认得醉翁语，山色有无中。一千顷，都镜净，倒碧峰。忽然浪起，掀舞一叶白头翁。堪笑兰台公子，未解庄生天籁，刚道有雌雄。一点浩然气，千里快哉风。"苏轼的《水调歌头·黄州快哉亭赠张偓佺》一词，人皆耳熟能详。此词作于宋神宗元丰六年诗人贬居黄州时，写得豪迈奔放，潇洒自如。此词首写江景，落日昏黄，江天一色，气象何其阔大；千顷碧浪、一片归鸿，境界又何其辽远。继则浪起江心，波涛汹涌；长风过处，思接千年。词融写景、抒情和议论为一炉，表达了诗人超然物外的潇洒胸襟和对心性修养的不懈求索。这也是诗人内在精神世界的自我超越。笔致铿锵有力，气魄宏伟壮观。且其中波澜起伏、跌宕多姿，使苏词雄奇奔放的风格一览无遗。一如《艺概·诗概》中所云："其精微超旷，真足以开拓心胸，推倒豪杰。"

同样，张孝祥的爱国名篇《六州歌头》也写得慷慨激昂，掷地有声："长淮望断，关塞莽然平。征尘暗，霜风劲，悄边声。黯消凝，追想当年事，殆天数，非人力；洙泗上，弦歌地，亦膻腥。隔水毡乡，落日牛羊下，区脱纵横。看名王宵猎，骑火一川明，笳鼓悲鸣，遣人惊。念腰间箭，匣中剑，空埃蠹，竟何成！时易失，心徒壮；岁将零，渺神京。干羽方怀远，静烽燧，且休兵。冠盖使，纷驰骛，若为情。闻道中原遗老，常南望、翠葆霓旌。使行人到此，忠愤气填膺，有泪如倾。"此词之主旨全在"忠愤气填膺"一句上。读来忠愤满纸，悲壮苍凉。起笔"长淮望断"，已见苍莽之势，复以"征尘暗"三句则更见肃杀荒凉，洙泗膻腥，胡儿宵猎，沦陷之惨状由此跃然纸上也。下片词人直抒胸臆，长歌当哭。以满腔赤胆痛斥朝廷求和妥协，苟安一隅之丑行。词人以句短音密，节促声洪之表现手法将其所闻所见，所哀所叹为之一倾。如铜琶力拔，其声激越；铁板横飞，其音铿鞳。已教忠义毕呈，悲慨淋漓。《朝野遗记》云："张魏公读之，罢席而入。"直堪惊天地而泣鬼神也。

　　婉约柔美之语言风格恰如小桥流水，精致温婉；又如和风微雨，细腻轻柔。"绮筵公子，绣幌佳人，递叶叶之花笺，文抽丽锦；举纤纤之玉手，拍按香檀。不无清绝之辞，用助娇娆之态。"欧阳炯《花间集序》中的名言可视为婉约词之最佳解读。施补华亦在《岘佣说诗》中有云："用刚笔则见魄力，用柔笔则见神韵。柔而含蓄之为神韵，柔而摇曳之为风致。"故婉约柔美之风格亦不绝限于男欢女爱，花前月下之缠绵。身世之感、家国之恨，生离之苦、死别之痛都会在诗词当中得到完美体现。比如："纤云弄巧，飞星传恨，银汉迢迢暗度。金风玉露一相逢，便胜却人间无数。柔情似水，佳期如梦，忍顾鹊桥归路。两情若是久长时，又岂在朝朝暮暮。"（秦观《鹊桥仙》）秦观为婉约派之代表人物，此词又为婉约风格之千古名篇。其柔美温润之风格更是在词中纤毫毕现，最为典型。词人以农历七夕双星相会之神话为主线，阐述了作者对爱情的独特理解。上半阕写空中景象，秋云绚烂，双星闪烁；清风飒爽，白露晶莹。极其清幽明净，妥帖空灵。下半阕由景入情，情景变幻。机杼独出，不落俗套。为我们展示了一幅哀乐相融、天人合一的画面。尤其是结拍两句，境界又开，使爱情的内涵刹那升华，亦使该词成为不朽之警句。明人沈际飞曾云："七夕以双星会少别多为恨，独谓情长不在朝暮，化腐朽为神奇。"显得奇丽多姿，高迈脱俗。

"无言独上西楼，月如钩。寂寞梧桐深院锁清秋。剪不断，理还乱，是离愁。别是一般滋味在心头。"这是南唐后主李煜的《相见欢》，千百年来一直在民间广为传唱，至今不衰。词写亡国之痛，沉哀入骨，凄凉况味纵贯全篇。起笔一句，便见沉重，诗人已将孤寂无欢之惨淡境遇和盘托出。接下之描摩更是一韵一顿，极尽凄婉。人与物相对，景与情相融。月是残月，梧是寂梧；秋是清秋，愁是离愁。词人广摄形象，博采比喻使所绘画面更加生动、所抒情感更加强烈。此词章法简约，句式凝练，但感情深挚，动人心曲。恰如明沈际飞所云："七情所至，浅尝者说破，深尝者说不破。破之浅，不破之深。'别是'句妙。"（《草堂诗余续集》）王国维亦云："李重光之词，神秀也。"二人皆可谓道尽婉约之美。

中国古典诗美这种独具特色的客体存在给读者带来了高度的视听美感，它精致凝练的形式、含蓄深沉的意韵、悠远辽阔的境界呈现给世人的是万红千紫的缤纷花海和激动人心的深刻体验以及荡涤肺腑的精神愉悦和满足。所以它的语言特征最是绰约多姿，异彩纷呈。当然中国古典诗美的语言特征也绝不仅限于上述所提到的几种类型，即便这几种类型它也不是孤立不变的，它随着诗人情志的变化而互相转化或互为兼容。所以语言特征取决于思想内涵，而思想内涵又有赖于语言的表达。故二者互为阴阳，不可偏废。刘勰在《文心雕龙·情采》一节中说过："夫水性虚而沦漪结，木体实而花萼振，文附质也。虎豹无文，则鞟同犬羊；犀兕有皮，而色资丹漆，质待文也。"我也将在日后的工作和学习当中对诗美语言的特征再作进一步探索和总结。各位方家学长不吝赐教为盼。

端午诗词的乡土情结和爱国精神

每年农历的五月初五，即传统之端午节，又称端阳。此日家家悬蒲挂艾，插剑横戟。摘兰草、沐香汤；食五黄，绣荷包。旨在驱邪镇恶，避秽解毒；庇佑家人，祈祷康宁。更有赛龙舟、打马球等等古老风俗。端午节的种种传说也在坊间里巷广为流传，至今不绝。早在两千多年前的战国时期屈原就在《九歌·云中君》里写道："浴兰汤兮沐芳，华采衣兮若英。"千年以降，端午节已成为神州华夏之重要节日而倍受世人尊崇。古往今来亦有无数骚人墨客为之吟咏，为之挥毫。求福纳祥是亿众百姓逢年过节的共同愿望，但浓重的乡土情结和强烈的爱国精神更是端午诗词的主要内容，下面就此论题我想谈点个人体会，以求教于诸位方家学者。

一，浓烈的乡土情结

由史以来，故乡就是文人雅士灵魂深处那份最深沉的爱恋，也永远是天涯游子心头那一份挥之不去的感动。故乡情结也因此成为古今文学作品当中一个永恒的主题。乡思、乡恋、乡愁，故乡、故土、故人一次又一次地出现在人们的视野当中。天边落日、楼头明月；眼前流水，槛外落花，都会成为骚人墨客表达乡情、寄托愿想的媒介和载体。同样端午情结作为乡土文学的浪漫花朵，一次又一次地在艺术家的笔下绚丽绽放。

"五月五日天晴明，杨花绕江啼晓莺。使君未出郡斋外，江上早闻齐和声……鼓声三下红旗开，两龙跃出浮水来。坡上人呼霹雳惊，竿头彩挂虹霓晕……"。这是唐人张建封的《竞渡歌》。诗写端午龙舟争渡。显得豪情万丈，气势磅礴。尤其是对竞渡过程的描绘，更是细致入微，生动传神。考张为河南南阳人，南阳久有赛龙舟之习俗。故其自幼身临其境，耳濡目染，当地龙舟赛的印象已在他的脑海中根深蒂固，所以他能够在诗中有如此形象精湛之描述。还有唐卢肇的《竞渡诗》："石溪久住思端午，馆驿楼前看发机。鼙鼓动时雷隐隐，兽头凌处雪微微。冲波突出人齐譀，跃浪争先鸟退飞。向道是龙刚不信，果然夺得锦标归。"此诗亦写赛龙舟，诗中那种风起云涌、龙腾虎跃的场面描写，丝毫不亚于同时代人张建封，若读者欣赏此诗时能与前作相互映照，则会另有体悟。《古今词话》谓潘阆《酒泉子·长忆观潮》词："狂逸不羁，往往有出尘之语。"用之于此，莫不如是。

端午也曾经不止一次地出现在一代文豪苏东坡的笔下诗间。东坡率真豪迈，又柔情似水。"轻汗微微透碧纨。明朝端午浴芳兰。流香涨腻满晴川。彩线轻缠红玉臂，小符斜挂绿云鬟。佳人相见一千年。"这是苏东坡《浣溪沙》一词中的端午。芳兰沐浴，碧水流香；玉臂绕彩，云鬟挂符。东坡先生通过这些细节性的描写，把端午的习俗写得温馨柔美，逼真可爱。东坡把端午的习俗通过女性装饰的变化巧妙地表达出来，是艺术性与现实性的完美结合，也使两者都达到了很高的境界，给人以极强的审美体验。

　　南宋大诗人陆游也在端午有过精彩的诗章，他在《乙卯重五诗》中写道："重五山村好，榴花忽已繁。粽包分两髻，艾束著危冠。旧俗方储药，赢躯亦点丹。日斜吾事毕，一笑向杯盘。"此诗开门见山，和盘托出，时间、地点、人物、事件都在诗中一一定格。此时虽无丝竹之铿锵，亦无案牍之劳形，但盛开的石榴，浓郁的粽香已让节日洋溢着无尽的欢娱和快乐。此诗语言质朴，感情真挚。钱锺书先生在其《宋诗选注》中说："陆游的作品主要有两方面：一方面是悲愤激昂，要为国家报仇雪耻，恢复丧失的疆土，解放沦陷的人民；一方面是闲适细腻，咀嚼出日常生活的深永滋味，熨帖出当前景物的曲折情状。"诗人运用高超的诗词技巧把寻常平淡的日常琐事写得潇洒闲雅，情趣盎然。

　　我们从上述作品中可以看到：诗人们无一例外地在诗词中表达了自己身逢端午的喜悦和欢乐，从中也明确表达了他们思想当中浓郁的乡土情结，释放了他们对故土永远的眷恋。这里有对传统节日的尊崇，有对民风民俗的热爱；也有对进取精神的赞美，有对美好生活的追求。可以说乡土情结是诗人们共同的心灵家园，解读他们诗词的乡土情结，是诗人关注生命本真的主要体现。他们对乡土文化的热爱，对传统风俗的描写，充满着真挚的情感，也彰显着诗人们跨越古今的诗性精神。这种难以割舍的故乡情结会让我们情不能已，潸然泪下，也会让我们深藏心底，回味一生。"人情重怀土，飞鸟思故乡"（欧阳修）。所以端午也会成为诗人作家们一个常写常新的话题，因为端午情节已成为国人心头永不褪色的民族烙印。

二，强烈的爱国精神

中华民族是一个历史悠久、文化灿烂的民族，百折不挠、奋发进取是中华民族的伟大品格。强烈的爱国主义精神是中华民族赖以生存的重要支柱和心灵自觉。这种深厚的情感，也是对养育自己生长的国土和民族最深沉的爱恋。这种感情经过千百年历史风雨的锤炼，经过千百年历史长河的荡涤，它一次又一次地迸发，最后成为整个民族的精神高地，进而升华为一种道德力量，成为中华民族的传统美德。爱国主义精神也一直萦绕在诗人词家们的心间笔下，成为神州大地长唱不衰的经典作品。尤其是当我们的国家遭到了外族侵略，当我们的生灵遭到涂炭之时，这种爱国精神表现得更为充分，更为强烈。

端午作为纪念历史上著名爱国诗人屈原的重要节日，爱国主义就毫不例外地成为端午诗词的主要内容。"节分端午自谁言，万古传闻为屈原。堪笑楚江空渺渺，不能洗得直臣冤。"这是唐人文秀的端午诗，吊屈就极其自然地成为诗中的主题。早在唐朝以前，端午就一直是屈原的祭日，屈原作为最早的爱国诗人，备受后人拥戴和景仰。诗人遥望楚江壮阔，眼前便纵有碧波千顷，却再也洗不尽一代忠臣屈原的冤恨与忧愤。无独有偶，宋代的张耒亦有《和端午》诗："竞渡深悲千载冤，忠魂一去讵能还。国亡身殒今何有，只留离骚在世间。"诗人感慨，异曲同工，时隔百年而心意相通。两诗一题，难分轩轾。舟人竞渡，皆为救屈而来，然大江依旧唯大夫难寻也。伊人虽逝，离骚长在，此所以浪打千年，而孤忠不灭也。与张耒同时代的著名诗人梅尧臣亦有《五月五日》诗一首以明心迹："屈氏已沉死，楚人哀不容。何尝奈谗谤，徒欲却蛟龙。未泯生前恨，而追没后踪。沅湘碧潭水，应自照千峰。"宛陵先生在诗中自有为千古忠良大鸣不平之气概：屈氏沉死，楚人俱哀。怀王昏聩，自毁长城。屈原一腔忠肝义胆，只图报效国家，拯救黎民于水火。却不料只落个身遭谗谤，投死沅江之结局。悲乎哉？悲也！元末明初的大诗人贝琼也曾经有过《已酉端午》一诗："风雨端阳生晦冥，汨罗无处吊英灵。海榴花发应相笑，无酒渊明亦独醒。"节逢端午往往风雨交加，天气昏冥，似乎上苍亦通人意。屈原投江之后，汨罗两岸的人民便年年自发前来祭奠，汨罗百里，江水浩渺，诗人西去，英灵宛在。令人倍感欣慰的是石榴花在每年的五月竞相绽放，似乎也专为纪念屈原而来。此诗与众不同的是将千古大隐陶潜与旷代忠烈屈原作了一个鲜明的对比，陶渊明不甘与浊世为伍，却仍有陇亩三分，可望南山。而屈大夫面对诺大山河却只有投河一死。千年风雨吹不走人们对屈原的祭奠和怀念，既便如陶渊明这样流连山水的大隐之士，也充满着对屈原的仰慕和敬爱。全诗虽语势平淡，但情感炽热，想象丰满，韵味无穷。

　　宋人许及之的《贺新郎》，亦不失为一首咏端午的好词："旧俗传荆楚。正江城、梅炎藻夏，做成重午。门艾钗符关何事，付与痴儿呆女。耳不听、湖边鼍鼓。独炷炉香熏衣润，对潇潇、翠竹都忘暑。时展卷，诵骚语。新愁不障西山雨。问楼头、登临倦客，有谁怀古。回首独醒人何在，空把清尊酹与。漾不到、潇湘江渚。我又相将湖南去，已安排、吊屈嘲渔父。君有语，但分付。"词之上阕尽写端午习俗，次序井然，饶有情趣。词至上阕末节"时展卷，诵骚语"时已暗中留一玄机，为下阕转折作好铺垫。诗人淡伫楼头，面对烟雨江城，苍茫云水，新愁远恨，喷薄而来。便纵有清尊浊酒，也寄不到楚江头也。词人极欲身轻如雁，直往荆楚大地，再吊屈子，一展幽怀。尤其"君有语，但分付"一句，动人肝肠，裂人肺腑。湘水万年，屈子千古，若天上有灵，定有悲情万种，诉与人听。词中句句皆围绕屈子展开，无一句不在事，无一句不在情，故全词真情饱满，寄慨遥深。对屈原之爱戴与景仰已在词中表达得淋漓尽致，也让我们看到了作者强烈的悲悯情怀。

虽然端午诗词的主要内容是吊屈，但吊屈的背后体现的是强烈的爱国主义精神。屈原一生怀才不遇，报国无门。在山河沦陷，国破家亡的悲情岁月里，屈原投河自尽，以死明志，保持了他洁身自好，宁死不屈的高风亮节。诗人们在缅怀英烈、瞻仰英灵的同时，激发的是人们对国家的忠诚，对民族的热爱。品读那些豪迈悲壮、慷慨激昂的作品，会让我们群情振奋，众志成城。也会让子孙万代从中得到教诲，受其沾溉。"利于国者爱之，害于国者恶之"（《晏子春秋》）。虽然当今世界我们面对的是国泰民安的繁荣盛世，但台湾孤岛漂浮，南海波谲云诡。周遭列强虎视眈眈，全球局势变幻莫测。所以居安思危、未雨绸缪是我们应有的担当。弘扬抗击侵略、保家爱国的民族精神，也是当代诗人义不容辞的职责。赞美乡土情结、讴歌爱国情怀也应该是我们今天端午诗会的重要内涵。

试析动与静的诗词艺术手法

　　动与静是中国传统诗词的主要表现手法。它体现在诗词当中的动态感和静态美给读者带来了强烈的视觉冲击和视觉对比，给人们呈现了兴味无穷，妙不可言的艺术境界和审美情趣，彰显了动与静在诗词创作中的作用和意义。这种手法巧妙的艺术表现力，为世人留下了无数传颂千古的名篇佳作，成为中国传统诗词艺术的典范。其创作特点主要体现在诗词的叙事写景之中。杜甫的作品，就经常有这样的例子。比如"意惬关飞动，篇终接混茫。"（《寄高使君、岑长史三十韵》）。又如"精微穿溟涬，飞动摧霹雳"（《夜听许十一诵诗爱而有作》）。再如"笔落惊风雨，诗成泣鬼神"（《寄李十二白二十韵》等等。这些生动形象的描写就是动态感在诗中的具体呈现。

　　老子尝云："有无相生，难易相成；长短相形，高下相倾。"阴阳互补，刚柔相济是世间万物同生共荣的基本规律。阳极生阴，动而思静是事物发展的必然结果。正因如此，静态美一样能够怡人眼目，动人心神。比如孟浩然的"野旷天低树，江清月近人"（《宿建德江》）。王籍的"蝉噪林逾静，鸟鸣山更幽"（《入若耶溪》）。王维的"人闲桂花落，夜静春山空"（《鸟鸣涧》）。柳宗元的"千山鸟飞绝，万径人踪灭"（《江雪》）等等。月下清江、深山幽鸟；闲人桂花、千山荒径无不给人以静默安宁，祥和悠闲之美感。当然，古人在营造这种意境时，也不是纯粹的以动写动亦或是以静写静，而是以动为静，化静为动；动中有静，静中有动。

以动为静

动有"发动、启动、灵动、生动"等意思。而"静"则具有"寂静、幽静、空静、闲静"等意思。动和静从字面上分析是相对的，甚至相反的。但在特殊条件下，他们是可以相互转化，互为因果的。可以说既对立又统一。两者互为依存，不可偏废。而以动为静就是通过富有动感或者活泼的形态和声音，来反证作品中想要表现的静谧的画面和宁静的情感。下面通过一些诗词案例的分析，来解读这一表现手法。

鸟鸣涧

【唐·王维】

人闲桂花落，夜静春山空。
月出惊山鸟，时鸣春涧中。

闲人落花，静夜空山。此时已无须再说如何幽静、如何孤寂了。诗的前两句已经充分展现了一幅幽远寂寥、清幽宁静的春山夜色图。那么后面诗人又会怎么接续呢？其实后两句才是诗中最出彩处，也是以动为静的手法再具现。月本无声却足以惊动山鸟，偶尔听到的一两声鸟鸣，让四面俱寂的空山静默得几乎有点恐怖了。这种静极之后的异动和声响，往往会比纯粹的安静更加触目惊心，不寒而栗。先写静，后写动，以动衬静，就显得静中更静了。就像激动万分之后的喜极而泣，悲伤欲绝之中的欲哭无泪等等，都比单一的高兴或悲痛来得更加感人。我们再来看一首古人的诗：

入若耶溪

【南朝·王籍】

> 舣艎何泛泛，空水共悠悠。
> 阴霞生远岫，阳景逐回流。
> 蝉噪林逾静，鸟鸣山更幽。
> 此地动归念，长年悲倦游。

五言古诗《入若耶溪》为南朝梁人王籍所作。个中见闻即为王籍若耶溪泛舟之场景。诗里抒发了他久客异乡，思念故里之幽情。"蝉噪林逾静，鸟鸣山更幽"两句更是传颂千古之名句。王籍用以动为静之高超技法来渲染丛林的静谧和深山的幽渺。"蝉噪""鸟鸣"两个具有动感和形声的词汇，就是王籍创造性的思维语言。"蝉噪"和"鸟鸣"两种景象的出现说明了此地久无人至或者周围了无声息，以至于蝉鸟都可以不受惊扰地自在啼鸣。当"蝉噪"和"鸟鸣"过后，山林的寂静就显得更为深沉、渺无际涯了。此句因此被《梁书·文学传》誉为"文外独绝"。另外如"倚杖柴门外，临风听暮蝉"（王维《辋川闲居赠裴秀才迪》）。"春山无伴独相求，伐木丁丁山更幽"（杜甫《题张氏隐居》）。"空山不见人，但闻人语响"（王维《鹿柴》）等等。都是通过以动为静的手法来使画面更加空旷深幽，更加静默沉寂。像这种用声响和动感来反衬并突出宁静的画面和意境，也正是王籍的创新性艺术手法。

化静为动

化静为动就是将静止的环境或画面动态化，将没有气息的事物生命化，把静物写动，把静态写活，使要表现的事物灵动活泼，生机盎然。让读者在静态的描写中感受到摇曳的动感，从而领会其鲜明独特的艺术魅力。下面我们来看几首诗词作品，以便于更好地理解以静为动的创作手法。

淮中晚泊犊头

【宋·苏舜钦】

春阴垂野草青青，时有幽花一树明。
晚泊孤舟古祠下，满川风雨看潮生。

诗人舟泛淮河，两岸风光尽收眼底。远处野旷天低，春阴四垂；近处草青岸绿，杂花乱眼。一路写来皆为静景。待到入夜舟泊古祠之下，诗人化静为动，他要透过满天风雨来看潮起潮落，这是何等潇洒的举动。也是诗人静中寓动、以我观物的艺术构思，是诗人处在静态之中与外在的动态景物生发关系，瞬息之间静动遥相呼应，从而产生静中有动的艺术效果。也显示了诗人从容不迫、超然物外的豁达和大度。我们再来看其他几首作品：

闲居初夏午睡起二首其一

【宋·杨万里】

梅子留酸软齿牙，芭蕉分绿与窗纱。

日长睡起无情思，闲看儿童捉柳花。

　　此诗为杨诚斋先生赋闲在家时所写。其时诗人午睡初醒，意态雍散。故用闲闲之笔，来抒淡淡之情。"梅子留酸""芭蕉分绿"。一留一分，虽有两动词，但呈现给读者的分明都是静景，是以动衬静之写法。第三句诗人睡起，由静转动，至结拍则动态毕现，满眼皆活也。诗人因赋闲而无聊，全诗皆因一闲字而起。故周围环境需造一静景，方能凸显其闲。而诗人最后化静为动之写法又更好地反映了他闲中作乐、热爱生活的浪漫情怀。另一首《三衢道中》与此相比也有异曲同工之妙。

三衢道中

【宋·曾几】

梅子黄时日日晴，小溪泛尽却山行。

绿阴不减来时路，添得黄鹂四五声。

　　此诗写初夏时节三衢道上的宁静景色和诗人出行时的愉悦之情。梅子金黄，天气晴朗；溪上行舟，山中觅径。诗人落笔极其轻松欢快。虽为静景描写但又静中寓动。至第三句大笔一转，高潮突起。"绿阴"原为静态之物，此时诗人赋予绿阴以动感，是拟人化之写法。至黄鹂声起，更是动感十足，生机一片也。全诗清新明快，生动自然。为静中有动之典型笔法。

动静相生

动和静，在大自然中是互相对立又互相依存的。其实现实生活和文艺作品当中即没有纯粹的动，也没有纯粹的静。写动是为了衬托静态美，同样写静也是为了更好地衬托动态感。更多时候是动中有静，静中有动，动静相生，互相辉映的。比如：

西城道中

【金·周昂】

草路幽香不动尘，细蝉初向叶间闻。
溟蒙小雨来无际，云与青山淡不分。

诗中芳草萋萋，纤尘不起。此为静景。接以香浮翠叶，蝉鸣枝上，已然转为动态。又以小雨淅沥，溟蒙无际之描写使动感再度延伸。最后又以云雾迷茫，青山难辨作结，使动态复趋于静止。整首作品先静后动，由动复静，动静相接，互为因果。再看：

漫成一首

【唐·杜甫】

江月去人只数尺，风灯照夜欲三更。

沙头宿鹭联拳静，船尾跳鱼拨剌鸣。

　　江上明月高悬，静中有动；桅杆风灯照夜，沙头宿鹭联拳，皆动中有静。三种景象叠加，极写夜色之深，夜景之静。至第四句诗人又化静为动，周围一片静寂之中，只听到船尾鱼跳发出之声响，是诗人以动衬静，使静中更静。先视觉，后听觉，视听相合，动静相辅，两者相映成趣也。

　　诗词动与静的描写是诗人将现实生活艺术化的高度浓缩和锤炼。自然万物、大千世界，无论山川草树、风霜雨雪，亦无论生离死别、喜怒哀乐，皆动静有时，动静有序。动时排山倒海，天昏地暗。静时万籁俱寂，鸦雀无声。但动与静不是孤立不变的，它是互相影响，互为消长的。动极思静，静极思动。动静相生，动静互用都是诗词创作的常用手法。所以欣赏动与静在诗词中的精采呈现，理解动与静在诗词中的意义和作用，让动与静的艺术表现手法更好地服务于诗词创作，是本文的用心所在。

此生当作故宫人

——郑欣淼诗词简析

　　故宫即紫禁城，龙楼凤阙，金壁彤墀。四周红墙环绕，楼头高栋拿云。紫禁城雄踞神京六百余载，为明清两代皇家帝府，被誉为世界五大宫之首。欣淼公执掌故宫十年。其间主持故宫大修，首倡"故宫学"。力推海外故宫文化交流，其与台湾故宫的互访活动，世称"破冰之旅"，极具历史意义。淼公集官员、学者、诗人于一身，勤于政务，耽于学术。所养丰厚，所著丰宏。且举手之间，温文尔雅；言谈之际，诗情洋溢。平日里所闻所见，所思所感，皆能动其诗怀，触其诗绪。故大至时局形势，山川胜概；小至琴棋茶酒，花鸟虫鱼。目之所及，皆入淼公诗囊也。如：

《南京杂记》之三

　　丈夫有梦梦常新，彩笔一枝能出神。

　　九秩风华三部曲，此生当作故宫人。

　　此为淼公赠好友章剑华之绝句。剑华先生乃著名作家，曾有《故宫三部曲》问世。诗中淼公以彩笔一枝、出神入化喻剑华之飞扬文采与横溢才华；更以"此生当作故宫人"来称颂好友对故宫之一往深情。淼公朝夕浸润于上苑玉除，故宫已无日不在诗人心头，故诗人有此感慨。此句亦可视为淼公心灵深处之独白。再如：

《南京杂记》之八

村舍悠然绿野间，竹篱小路画中看。
葳蕤门外三春树，已老檐边二月兰。

此诗疑为淼公金陵城外踏青赏春之作。阳春三月，芬芳满眼。阡陌上村舍竹篱，悠远静谧；小径里阴浓绿树，露挹香兰。好一幅山野游春图。此诗之闲雅散淡，清新怡然，读来令人倍感亲切。比之于唐人颂田园之什，亦毫不逊色。又如：

《北京、台北、南京三院同仁书画展》之一

含苞欲放正清妍，紫禁海棠堪爱怜。
丹翰琳琅自三院，文华郁勃接千年。
已添宝岛双溪韵，又染钟山六代烟。
今更沧桑武英殿，雅风一脉溯重渊。

京华吐翠，海棠怒放。值此春景良辰，两岸三地博物院同仁书画展于故宫武英殿开幕。是日丹青藻色，四壁琳琅；白鱼黄鸟，满堂垂金。竟引得人潮涌动，观者如云，真极一时之盛也。此亦淼公着意推动之文化成果，可喜可赞！此诗写得俊深沉着，浑厚饱满。极显淼公学识之通达，胸襟之渊雅。清人沈德潜尝云："有第一等襟抱，第一等学识，斯有

第一等真诗。如太空之中，不着一点；如星宿之海，万源涌出；如土膏既厚，春雷一动，万物发生"（《说诗晬语》）。信然！

更赏其词：

《贺新郎》

伟矣文明曙！破天荒、灵光闪现，两河如炬。希腊覃思罗马健，潮落尼罗孳乳。犹惝恍、风华印度。玛雅丛林方惊世，更中华、续续瀛寰著。且寻觅、去来路。　　旧邦鸿烈凭谁诉？正秋高、四方八国，紫垣谈古。不尽劫波多失色，烽火平添忧虑。岂坐等、和衷珍护！振拂尘烟膺重任，泽远深、踵事看新举。传一曲、太和赋。

丙申仲秋，

中国、埃及、希腊、印度、伊朗、伊拉克、意大利、墨西哥等八国专家聚首紫禁，出席"世界古代文明保护论坛"，签署《太和宣言——人类文明保护与发展宣言》。此为故宫在单霁翔院长主持下致力于世界古代文化交流与融合之壮举。淼公该词即作于此。词自两河起源写到华夏肇始，写来如抽丝剥茧，渐次深入，显得凝重而深稳。上下六千年，纵横九万里。渊源之久远，空间之阔大皆绝无仅有。淼公缩万里于尺幅之间，容千载于股掌之上，足见其大匠运斤，举重若轻之功力矣！

其他如：

"年味原归子孙辈，民情当看陇头云"

——《除夕》

"廉颇今老盘飧减，尚有吟怀感物新"

——《抱恙》

"风华更看琼华岛，报春恰才三两分"

——《人日北海》

"人自嵚崎追魏晋，才当蕴藉竞斯文"

——《北京、台北、南京三院同仁书画展之三》

"轻吟大雨毛公句，遥想秋风魏武鞭"

——《初冬北戴河·独立》

"游踪双目远，感事百端生"

——《读〈悟牛斋诗词〉并呈厉有为先生》

"放吟时见神来笔，助兴仍须竹叶青"

——《鹧鸪天·赠李旦初先生》

"斜阳芳草浮生短，鱼跃莺飞回味长"

——《鹧鸪天·寄志忠》等等

　　一路读来，或沉郁，或空灵；或典雅，或俊逸。皆蕴藉缜密，妥帖自然。且触景生情，辞微意远；见物起兴，寄慨遥深。一如北宋欧阳文忠公所言："诗之作也，触事感物，文之以言，善者美之，恶者刺之，以发其揄扬怨愤于口，道其哀乐喜怒于心，此诗人之意也。"（《诗本义·本末论》）

　　淼公以学人之身，潜心紫禁。博踪丘索，渔猎百氏。得其沾溉，受其濡沫。故读其诗便有一种渊宏之气弥漫其间，极其春容大雅，雄深湛冥。恰似南金东箭，鸿俦鹤侣。淼公昼耕夜诵，好诗无数。文中所列不过沧海一鳞，丹桂一枝。近日《江海诗词》主编宗文先生以淼公新作二十余首见示，嘱撰释解小文，以助读者赏析。然余深恐力有不逮，词不达意，难解淼公意趣于万一，则有负诸君雅望也。

丁酉季夏于京东一三居

薄荷抽香

——袁长利词读后

薄荷，青翠欲滴，芬芳四溢。闻之则奇香扑鼻，醒脑提神。嚼之则清凉入肺，齿颊生津。可入药、可助餐，可悬之厅室，驱邪避秽；可束之香囊，散郁清心。真世上佳品，不可或缺也。今长利兄以薄荷喻诗词，可谓奇思一枚，别出新裁。近日其新著词集更以《薄荷抽香》为名，益见词人于薄荷一物情之所系，独有所钟也。薄荷浓香馥郁，不抽已然薰人，抽之岂不教人晕倒。

今读长利兄词，果真味如薄荷，不只清新酣畅，而且沁人心脾。试析其词：

《长想思·别情》

　　霭烟沉，鹊声沉。劳燕纷飞愁煞人。玉颐挂泪痕。　　念深深，意深深。盼到团圆如愿辰。百花争吐芬。

词写情人离别，当暮霭深沉之际，便是劳燕纷飞之时。其景何其愁苦，其情又何其伤感。惟愿百花盛开之日，会是情人重逢之秋。全词言短意长，余味不绝。再读其：

《点绛唇·闺嫁》

翠帐金屋，枕边飞起关雎鸟。月圆花俏，镜
里芙蓉笑。　　新岁新人，绮丽新风貌。笙簧调，
百年偕老，誓与伯鸾好。

此词从少女情窦初开、待字闺中之羞涩写到新婚燕尔，
两情相悦之欢愉。极其温馨柔美，玲珑可爱。尤其上下阕各
含一典，且不露纤痕，至为高妙。南宋周紫芝尝云："凡诗
人作语，要令事在语中而人不知。余读太史公《天官书》'天
一、枪、棓、矛、盾动摇，角大、兵起。'杜少陵诗云：'五
更鼓角声悲壮，三峡星河影动摇。'盖暗用迁语，而语中乃
有用兵之意，诗至于此，可以为工也。"（《竹坡诗话》）
观长利兄之填词手法已深谙个中三昧也。

长利词长于抒情，含蓄温婉。但不独红男绿女之儿女私
情，更多的是七尺男儿纵横驰骋、襟怀万物之雄风英气、家
国情怀。今有一词为证：

《菩萨蛮·国庆》

高秋溢彩千花笑，朝霞染就山河俏。万众面
如春，普天诗若云。　　百族今奋进，来写中国梦。
德政已无垠，民强天地新。

节逢国庆，但见高秋溢彩，千红万紫；山河带笑，霞彩
无边。词人情由景出，寄情于景，好一曲盛世欢歌也。接下
之百族共进，图强奋发之描写堪谓词人紧扣当下，反映生活
之时代强音。其还有另一首：

《鹧鸪天·国庆》

柏翠秋清燕翅香，江河十月焕容光。歌声遍地云飞舞，旭日当头彩凤翔。　花竞秀，物呈祥。九州岁岁颂新康。宏施善政民心快，广布仁风国运昌。

此词亦写国庆，因已有一首类作在前，故语言意境等皆难出新。但词人写来还是别有兴味，同是写景能另出一枝，一样抒情但花开两朵，与前作迥然。词人对祖国山河之赞美，对九州百姓之热爱均在字里行间一展无遗。词人情牵国运，讴歌盛世，其耿耿之心，由此可以概见也。晚唐大贤白乐天尝云："自登朝来，年齿渐长，阅事渐多，每与人言，多询时务，每读书史，多求理道，始知文章合为时而著，歌诗合为事而作。"（《与元九书》）今长利兄之所为正应了昔日香山居士之千年古训也。

长利兄戎马一生，关山南北；半世军旅，劈浪逐波。词人卫我海疆，远离亲人，心中便时有故里之思，乡土之恋。请看其：

《生查子·中秋》

皓月挂长空，清夜思潮沛。泉数故园甜，曲是乡音美。　几处奏笙歌，镜光尤其暐。不见故乡人，游子涟涟泪。

明月，千百年来向为骚人墨客寄托离愁别怨之最佳载体。如太白之"举头望明月，低头思故乡"。少陵之"露从今夜白，月是故乡明"等等。词人于皓月当空之清夜，顿发羁旅思乡之幽情。显得乡思浓烈，动人肺腑。词人于此处又几度运典其中，不落俗套。可见长利兄博览群书，记忆超群；信手拈来，皆可着墨成春，化古为今也。再读其另一首：

《踏莎行·侨乡春景》

春秀时和，山青海晏。光风霁月红梅艳。鹊声缭绕报福音，侨乡日丽千门暖。　　燕舞莺歌，河川亮眼。思乡华裔邮书简。祖国昌盛起宏图，天涯赤子欢无限。

词中风和日丽，燕舞莺歌；虽写的是侨乡盛景，侨胞挚爱。但词里句外无不洋溢着词人之情，词人之爱。若无真情实感与赤子胸怀，断无如此观感也。清初钱谦益曾道："古之为诗者，必有深情蓄积于内，奇遇薄射于外，轮困结，朦胧萌拆，如所谓惊涛奔湍，郁闭而不得流，长鲸苍虬，偃塞而不得伸；浑金璞玉，泥沙掩匿而不得用；明星皓月，云阴蔽蒙而不得出。于是乎不得不发之为诗，而其诗亦不得不工。其不然者，不乐而笑，不哀而哭，文饰雕缋，词虽工而行之不远，美先尽也。"（《虞山诗约序》）无独有偶，乾隆年间之文坛巨擘张问陶亦有句曰"天籁自鸣天趣足，好诗不过近人情"（《论诗十二绝句》）。两人生卒相距百年，但论诗见地却何其相近。亦足可为长利兄之佐证也。

其他如"几点黄花凋谢去，唤起伤心无数"（《清平乐·秋愁》）、"鸟歌林茂，松苍柏翠，万山青早。种草栽花，植槐育柳，艳阳高照"（《柳梢青·植树》）、"笑见山花烂漫，喜观树海葱茏"（《西江月·春景》）、"天际有高阳，益寿秋菊自傲霜"（《南乡子·重阳节》）、"芳草碧，池波漾，莺啼杨柳韵，鹊在梅梢上"（《千秋岁·春词》）、"溢彩长空，流金大地，惠风甘雨"（《琐窗寒·春景》）、"阳春紫日，朗月祥云，灯火分千树"（解语花·元宵））等等。或温婉，或清新；或俊朗，或空灵。皆妥帖工稳，流畅自然，且主题鲜明，意在笔先。一如元人杨载所云："诗不可凿空强作，待境而生，便自工耳。或感古怀今，或伤今思古；或因事说景，或因物寄意，一篇之中，先立大意。起承转结，三致志焉，则工致也。"（《诗法家数》）作诗如此，填词亦莫不如是也。

长利词感情饱满，思绪幽远。写景抒情皆能远离纷扰，自出机杼。并时有好句充溢其间，尽显长利兄敏尔好学、思维劲健之风采。长利兄方富于年，精力充沛；兼之据鞍苦读，手不释卷。日后定然学养益丰，功力大进，词中佳作更如雨后春笋，蓬勃可待也。

丁酉年夏至前三日于京东一三居南窗之下

拆翻史海几层波

——李树喜咏史诗赏析

"拆翻史海几层波。"出句何其胆大，又何其振奋。史海千年，波深云诡。借问今日骚坛，谁具如此胆识，敢拆海翻江；又谁具如此猛毅，能逐波劈浪。此为树喜先生《咏史诗自嘲》中句也。全诗为：

> 一统三分费琢磨，天时地利拟人和？
> 阿瞒大事生机变，诸葛关头冒险多。
> 试解风流千古案，拆翻史海几层波。
> 王侯成败渔樵曲，入我诗家破网罗。

此诗应为诗人夜读三国之吟咏。说的是三国往事，但又何尝不是诗人对千年历史之关照与古今人物之考量。树喜先生沉醉史学，耽迷汗青。毕生研精覃思，博考经籍。历年既久，著述甚丰，积学亦厚也。而先生治学之余，酷好诗骚，又每每以史入诗，以诗解史，且能独具慧眼，拔新领异。故其咏史诗能为诗界独树一帜，另开洞天。试看其所写之：

怀李白

仗剑遨游惊四方，当涂一跃醉长江。

涛波载月还沉月，民意怨王犹羡王。

政治原非真里手，诗文无愧谪仙行。

沧桑百变人心改，难泯窗前明月光。

李太白风华绝代，才高万古。其人倜傥不羁，跌宕风流；其诗凌空迈往，金光辉耀。如天马奔腾，又如银河倒挂。朝野上下莫不惊为神人，均以"诗仙"待之。而树喜先生能以如炬之目光，史家之视角，浓缩太白生平历程，只开篇两句便将太白一生行藏囊括殆尽。中间两联亦提纲挈领，删繁就简。树喜先生巧运春秋笔法令太白之际遇遭逢与绝响逸尘展露无遗。诗人虽逝，而诗作不朽。尾联如此描摹最是留人余味，令人遐想不已。一如清人王寿昌所云："结句贵有味外之味，言外之音。"（《小清华园谈诗》）诗中"涛波载月还沉月""沧桑百变人心改"都写得极其深刻，又极富哲理，堪称篇中警句。

李纲

南墙屡撞不回头，霜剑风刀硬骨头。

大宋江山救不得，徒将遗恨刻山头。

李纲为两宋之际抗金名臣，绍兴初年，曾一度为相。其人志在革新，力主抗金。多次被贬又屡获重用。最后病逝于仓前山椤严精舍。有《梁溪先生文集》等传世。李纲被后人

称为"社稷之臣""一世伟人。"林则徐亦有联赞其:"进
退一身关社稷,英灵千古镇湖山。"树喜先生用南墙屡撞,
霜剑风刀喻李纲境遇之艰险与仕途之多舛。以"不回头"与
"硬骨头"借指李纲性情之倔强与品格之坚忍。转接之际,
诗人一声呐喊,最是震聋发聩,石破天惊。大宋江山早已病
入膏肓,凭一人之力,又岂能再挽狂澜。此际,诗人气涌丹田,
喷薄欲出,可见蓄势久矣。此诗最精采处在全诗用一字韵即
"独木桥体",此体甚单调,鲜有佳作。但树喜先生写来却
如水银泻地,酣畅淋漓,大有不用此体便不足以一抒怀抱之
感。也正是诗人心有所养,方具如此诗魄也!

韩信三首

(一)

萧何知遇又如何,铁马金戈苦战多。
兔死狗烹同乐殿,至今回响大风歌。

(二)

莫道才奇人不知,勋功百战著华衣。
宁为将相冤屈死,不作乡间乞讨儿。

(三)

秋光艳艳走淮阴,楚汉风流说到今。
儿负母恩君负我,人间难葆是初心!

韩信三首，首首精深；仁智互见，各有其妙。韩信弃楚投汉，得萧何月下知遇，复随汉王东征西讨，立下不世功勋。到头来仍不免兔死狗烹，成卸磨之驴。该诗首例在以我观人，以人说事，再以事存史，显得脉络清晰，条理分明。次例诗人化己为信，现身句中，宁为屈死将相，不作市井小儿。此为诗人以己之心度信之腹也，又焉知此非信昔日之志乎？"太冲咏史，不必专咏一人，专咏一事。己有怀抱，借古人事以抒写之，斯为千秋绝唱。"（清·沈德潜《说诗晬语》）如此写史写人，不拘一格，最能体现树喜先生出奇别致、摇曳多姿之创作风格也。末例诗人以我入史，思接千载，有议论，有阐述；有辨析，有思致。通元识微，入情入理。信若地下有知，当谓异代逢知音也。诗人更将时下提倡之初心二字扣入诗中，堪谓古今一例，恰到好处。

念奴娇·东坡赤壁怀古

长江如带，青峰下，寻觅昔时人物。碧水莲荷依旧是，千古东坡赤壁。湖揽新光，亭披旧影，遥忆一堂雪。仲谋诸葛，问谁真个豪杰！　　望中吴楚迷离，疑是风和雨，霾雾同发。鹤去云回天际渺，堤坝烟桥明灭。冷眼官权，系心民瘼，不朽黄州帖。愧祷坡公：世风不似明月。

东坡赤壁，又名黄州赤壁，位于古黄州之西。危岩突起，壁色赭红，如火烧焰灼一般，故时人称其为赤壁。后因苏轼之名篇杰构更是声闻天下。历代已降，吟咏之声不绝于耳。

诗人到此又岂能不发思古之幽情。词中由今及古，从满眼莲荷到雪堂义樽，从当年豪杰到今日社稷。视通千年，纵横万里。其幽思怀想，感慨万端。诗人将往日烟雨与时下世风紧密构连，鉴古观今，意味深长。同是访古，而写敬亭山一词，却是另外一番景象。

水调歌头·敬亭山

久慕宣城道，来访敬亭山。曲径竹林绿雪，遥忆昔时颜。记得谪仙坐卧，天子呼来不醒，狂客在峰巅。十里桃花渡，湮没旧帆船。　追逝水，辨沉陆，叹桑田。汪伦李白小谢，佳话逾千年。莫羡名留纸墨，但愿云闲似我，心净胜参禅。一醉千杯少，只要结诗缘。

敬亭山自古便有江南诗山之美誉。山虽不高，但有挺拔之势；峰虽不险，敢齐五岳之名。远看山石叠翠，云环雾绕；近观林壑幽深，瀑激泉清。故有清和俏丽之容，风流儒雅之态。自南齐谢朓始，敬亭山便吟无虚日。李杜韩白，苏王孟刘无不慕名而来，纵情其间。树喜先生素来好游，如此名山又焉能错过。此词与上述之《念奴娇·东坡赤壁》有异曲同工之妙，名为写山，实则咏史。此山因借李太白之名甚多，加之树喜先生亦李家后人，故于诗仙便情有独钟，着力最巨，李青莲亦成词中主角也。想来先生亦受太白感染，愿化一闲云，萍踪四海，或相对诗仙，一醉千年。树喜先生之率真可爱由此可以概见也。此词全无寻常咏史之沉重，显得轻松活泼，怡然自在。再看其：

冬夜读史

三千信史演传奇，满卷机关说忘机。

狗盗鸡鸣赴生死，鸿儒雅士写降词。

树偏老大才何用，诗近生疏性更痴。

莫向梅花问春信，田边小草最先知。

窗外寒气逼人，案前书灯耀眼。树喜先生手捧典籍，挑灯夜读。正应了古人三余读书之古训。三余者，"冬者岁之余，夜者日之余，阴雨者时之余也"（魏略·儒宗传·董遇））。树喜先生严于治学，白首穷经；夙夜匪懈，无冬无夏。兼之诗人博览群书，学贯中西。千年经史，百般传奇，均在脑间回想；亡徒侠盗，雅士鸿儒，俱在眼前闪烁。诗人一路写来，由史及人，由人及物，笔致洒脱。大千世界原本海桑陵谷，瞬息万变；得马失马，朝夕无常。紧要处若能真心一点，持之以恒，自可修成正果，筑成佳境。便作田间野草，山径闲花，也一样春意盎然。诗人读史，果真另具只眼，与众不同也。

树喜先生以史家锐利之眼目，诗人善感之情怀，复积数十年苦读之修养。举手投足，为诗作文，已如桂林之一枝，昆山之片玉也。其在《由来人才多埋灭·龚自珍纪念馆》诗序中言道："夜访龚自珍纪念馆，感慨颇多。吾人研探中国人才史，赞赏龚自珍'不拘一格降人才'。但发现一部人才史，居然多是埋没和浪费人才。当世亦难免。有感而为之诗。"诗人因此而写出"由来才俊多埋灭，莫怪钱塘起怒波"之愤世箴言。其情之诚，其性之纯，可鉴苍天也！又如其写水浒英雄林冲诗："……半壁龙廷多寥落，满朝文武不同心。……

后续徽钦双北狩，囚车碾过旧轮痕。"（《再写林冲夜奔》）北宋朝廷至宣和年间，已然日暮途穷，积重难返。自古文官敛财，武将惜命则社稷危矣！果然不久金兵南下，徽钦二帝被俘。树喜先生之言语可谓见血封喉，直击命门。"囚车碾过旧轮痕"一语何其沉痛，又何其哀惋。"咏史诗当如龙门诸赞，抑扬顿挫，使人一唱三叹"（清·乔忆《剑溪说诗》）。树喜先生此诗或可证前人之说也。

其他如："且从分合说大势，莫以功名论是非"（《海口五公祠》）、"功成身即退，不听大风歌"（《张子房墓道碑》）、"用三只眼观兴替，将一寸丹歌庶黎"（《内蒙访古忆翦伯赞大师》）、"西厢女主角，当是小丫鬟"（《红娘》）、"官权达贵难胜数，唯记寒酸郑板桥"（《过潍坊怀郑板桥》）、"古今王佐知多少，终有几人能尽才"（《王佐故居》）、"万众追星名共利，几人识得海刚峰"（《谒海瑞墓》）、"烽烟渐沉寂，功过岂模糊"（《怀念孙中山》）、"警钟敲未了，引得大清来"（《景山崇祯殉难处》）等等。或明快，或旷达；或幽默，或沉郁。皆胸襟开阔，思路宽广。既有诗人之浪漫，又有史家之深邃。构思设想均能戛戛独造，自成一格。不人云亦云，不拾人牙慧。遣词造句，更是妙语迭出，不落俗套。故读树喜先生咏史诸作，先有诗词赏心之乐，后有史书启智之快也。树喜先生性情潇洒，风雅蕴藉，与吾亦师亦友，堪称莫逆。平日里诗酒往来，唱和不绝。故余倍赏其诗，慕其行，仰其人也！

丁酉酷暑于京东一三居

家住蓬莱碧水间

——序宋炳龙诗词集

　　洱源西湖，地处高原之巅，为南国大理第一胜境。是处苍山如玉，碧水如银。远眺红云芳草，近听深浦渔歌。兼之满眼里翠岛白鸥，蛱蝶清风。好一个人间仙境，世外桃源。徐霞客昔日泛舟西湖，曾欣然赞曰："悠悠有江南风景，而外有四山环翠，觉西子湖又反出其下也。"今炳龙兄喻之为东海蓬莱，窃以为有过之而无不及也。炳龙兄有诗为证：

　　　家住蓬莱碧水间，柳绦三月舞蹁跹。
　　　渔歌唱到云中去，一叶轻舟近日边。

——《洱源西湖八首之一》

　　诗中所喻之蓬莱便是炳龙兄之心头桑梓，七彩故里——洱源。炳龙兄自幼生长于斯，得其沾溉、受其濡沫；含英咀华，吐故纳新。造就一副锦绣心肠，玲珑肝胆，故出句便多奇思妙想，似天外飞仙。一如明人谢榛所云："诗有天机，待时而发，触物而成。虽幽寻苦索，不易得也。"（《四溟诗话》）其有诗云：

绿苇青青碧似纱，迂回水畔两三家；

相邀酌酒撑船去，篙点清波动晚霞。

——《洱源西湖八首之五》

此诗同属《洱源西湖八首》之系列。诗写洱海情景，清新流畅。尤以结句最为精彩，长篙点处，碧波荡漾。而此时正斜阳照水，水天一色。故清波动处亦见霞光明灭，摇曳其中也。如此描摹，则动感十足，活泼顿现。再读其：

披星戴月久徘徊，守候峰巅现紫帷。

红日手心才捧出，前程无限尽朝晖。

——《守候泰山日出》

泰山日出，为天下奇观之一。诗人久慕其胜，故不远千里，披星戴月，只为一睹旭日初升之绝美瞬间。"红日手心才捧出"一语甚妙，极具慧思，想是诗人从游客手心捧日之摄影图片中悟出。有此佳句，此诗便可传世也。又读其：

岱宗千里路迢迢，朝圣崎岖上碧霄。

遥望乡关云万里，家居缘比泰山高。

——《泰山顶上远望》

泰山为五岳之首，被人称为"海天之怀，华夏之魂"。泰山之雄浑与洱海之秀逸本无异同可比。但诗人剑走偏锋，又出奇招。泰山海拔虽高达 1500 多米，但与诗人所处之云贵高原相比，则不免小巫见大巫也。故诗人由此发出"家居缘比泰山高"之感慨，生此一叹，则不同凡响。再如：

> 渐近庭堂脚放轻，数竿竹瘦叶青青。
> 不闻室内先生语，只有秋蝉耳畔吟。

——《杜甫草堂遥寄之一》

寻常人等写凭吊缅怀之什，多沉郁顿挫，读来心绪黯然。而炳龙兄此诗却丝毫不见凝重，倒显得空灵飞动，大有返虚入浑之象。从首句"脚放轻"到尾句"耳畔吟"均语态新巧，笔致清雅。但又予人无穷回味，唏嘘不已。"咏古七绝尤难，以词意既须新警，而篇终复须深情远韵，令为玩味不穷，方为上乘"，此清人朱庭珍语录，自是一语中的，言下无虚。炳龙兄如此举重若轻，已然深得个中三昧也。又如：

> 缅甸思归事已非，樱花寒尽绽春蕾。
> 雨丝紧缠乡愁舞，心伴流云缓缓飞。

——《密支那思乡吟之一》

诗人旅居缅甸，日久思归。那种异国他乡举目无亲之况味，便不说我等自也体会得到。景因事起，境由心造。雨丝风片，春蕾流云，极美之物态也。而此时于诗人眼中却似百转愁肠、万点乡思，令人辗转反侧。而诗中不经意间之转合，却使佳境渐成。诗人用拟人化之手法令自我内心之情感喷薄而出，一泻千里。再赏其另一首类似作品：

西来异域万重山，人地生疏涉世难。

白日思乡常问酒，长空红日也孤单。

——《密支那思乡吟之四》

此诗为炳龙兄密支那思乡组诗之又一佳构。前三句平平，写诗人皆能道得。惟结句奇峰突起，石破天惊，有"看似寻常却奇崛"之魅力。浩日当空，光芒万丈，谁敢道其孤独，又谁能知其落寞。惟炳龙兄敢作如是猜想。此举何其大胆，又何其出格。此戛戛独造之灵思妙构，非身负别才之人不可得也。

炳龙兄精于研习，勤于下笔，故平日里好诗迭出，奇思隐现。如"醉眼朦胧观世态，新芽惆怅问春晖"（《感怀之二》）、"明月如歌随浪涌，云烟过眼伴鸿飞"（《感怀之三》）、"异域春光浸古道，乡关东望泪如珠"（《密支那思乡吟之二》）、"悲风恨晚飞红雨，香暗余情染青丝""花落为泥香已尽，泪飞如酒醉难归"（《惜春》）、"光辉照我诗情涌，袅袅温馨下九霄"（《日出景观》）、"啼得春归人未归，晓枝拂泪弄春晖""可怜相思难隔夜，秋波荡出九天月"（《仿古情歌》）、"十里蛙声来枕畔，稻花香到九重天"（《洱源西湖八首之七》）、"每到初三新月夜，一竿入梦钓相思"（《洱源西湖八首之八》）、"花海春来红烂漫，黄鹂布谷相呼唤"（《蝶恋花·林海歌声》）等等。或朦胧，或清空；或洒脱，或婉转。皆深情一往，有感而发。且回环有致，曲尽其妙。如禅房幽径，别具洞天。清人王夫之尝云："含情而能达，会景而生心，则自有灵通之句，参化工之妙。"

（《姜斋诗话·卷下》）炳龙兄深谙其理，故写来能得心应手，游刃有余。吾信手翻来，便见花开笔底，缤纷满眼。只是限于篇章，无法一一析解。列位看官若细细品之，自有无边情韵汩汩流出，令君不忍释卷也。

冰冻三尺，非一日之寒。炳龙兄虽以务农为业，但闲暇时节，皆与书为伴，发奋苦读。不说囊萤映雪，也是青灯黄卷。数十载晨昏朝暮，终不负磨铁之功。炳龙兄厚积薄发，水到渠成；多年修行，终于炼成不败金身。而今不惟诗词硕果累累，散曲、小说、杂文、新诗、戏剧等亦多有涉猎，且斩获颇丰，可谓遍地开花，前景喜人。正应了老杜那句话："读书破万卷，下笔如有神"也。但书山无尽，学海无涯，诚望吾兄百尺竿头，再上层楼。是为序。

丙申秋分前二日于京东一三居

名家评论

此生只合作诗人

——林峰《花日松风》读后

杨金亭

　　林峰是世纪之交，崛起于诗坛的一批中青年诗人中的佼佼者。他的既能书写当下，又能衔接传统，诗风独到、出手不凡的诗词创作，早已引起了诗词界的广泛关注。《花日松风》是他的第二本自选诗词集。已故著名诗词家袁第锐先生在为本书作序时曾称其"君诗词晓畅明丽，蕴藉有致……时有警策，直逼古人"。又说"以风格论，诗风近晚唐，词近五代花间"。我以为这个评价是切中林峰诗词创作中所形成的个性特征的。最近我通读了这本集子。觉得林峰的作品在表现艺术上确有对晚唐"小李杜"的意象美，以及五代花间语言美、秾艳美的吸收。从而使他的作品具有了"诗言志"且"缘情而绮靡""诗赋欲丽"的美文学特色。

　　读林峰的诗，给我的突出感受是，诗美享受中的"熟悉的陌生感"。所谓"熟悉的"就是集子中诸多精品佳作，读来都有一种阅读古典作品的美感享受。这来之于诗人平时的阅读、修养和创作上的精益求精，更来之于诗人对传统文本、文化风神、化古融今的自然和谐。所谓"陌生"，则是指作品在书写当下生活中，在思想感情、艺术表现上超越前人，也超越同代人，属于诗人独创的新意。这便是现代生活题材，以及现代人的思想感情和古典传统形成的统一，开拓出的既新且美，富于时代感的诗意境界。这就是在传统基础上的创新。无此创新，作者就永远进入不了诗人之林；无此创新，中华诗词事业就没有与时俱进的发展。

据我所知，林峰还是一位多产诗人。他在全国和地方文学刊物上刊出的作品很多。他的这个集子选得极严极精。入选的112首作品中除了几首长调外，几乎都是律绝和中小令词。这些作品都是经过千锤百炼的精品。从中我找不到一首了无诗味的平庸之作。

19世纪俄罗斯著名作家曾认为"在任何天才的身上，重要的东西却是自己想称为自己声音的东西"（见《文艺美学辞典》12页）。我不认为林峰是"天才"。但是，从他的作品中却可以看出，他的确具有严羽所谓"诗有别才"的诗人禀赋。这个别才所指，便是诗词创作所规定的也是作为性情中人所具有的"激情"和"妙悟"。难得的是林峰的创作，确已有了"用自己的声音，为人民歌唱"的自觉。看得出，他的作品早已从仿古语言和急功近利的公共语言中脱颖而出，做到了用富有个性的"自己的声音"的"诗家语"提炼意象、创造意境，进而形成了自己的抒情个性，有了自立于诗林的创作风格。他的诗阳光亮丽，刚柔并济，唱出了中华民族复兴时代的正声强音。其作品用以打动读者的主要诗美特征是：

一、作品的倾向性从不直接说出

和历代具有忧患意识和悲悯情怀的有作为的进步诗人一样，林峰是一位具有先进文化倾向的诗人。他爱祖国、爱家乡、爱人民；爱祖国的山川、风物以及有着悠久历史的民族文化。但是这一切在他的诗中，从不直接说出，而是通过充满诗情的意象、意境暗示给读者的。试读《鹧鸪天·迎春曲》："万树梅花乱碧空，三衢城阙管弦中。柯山雪舞晴光动，瀫水云回紫气浓。烟穗烂，绮灯红。楼台把酒坐春风。东君已报丰年信，两岸铺开锦绣丛。"

　　词作以诗人故乡衢州某地一场元宵灯会为题材。通过"楼台把酒坐春风"的现实感受，抒发了诗人热爱春天的浪漫情怀。词的上阕纯以白描意象，深情并茂地烘托出诗人家乡红梅蔽天，雪花飞舞，春光骀荡，紫气回旋的一幅生机盎然、热烈火爆的早春画卷。下阕以"东君已报丰年信，两岸铺开锦绣丛"作结，令人遐想。四时原自然，冬去春自来。春到江南的诗情画意已呈现在读者面前。至于作为诗人的浪漫情怀和理想愿景中所预示的那个春天更深一层的诗意境界，即作品的主题是什么？诗人没有直接说出，而是留给读者沿着"丰收信"和"锦绣丛"两个意象的提示，自己去解读了。所谓"言不尽之意，见于言外，令人思而得之"（宋·梅圣俞），正是这个意思。林峰的诸多作品是做到了思想倾向从诗的意境中自然溢出，从而受到读者赞赏的。

二、化美为媚，活色生香

　　林峰的诗词创作，很大一部分是山水诗。其中很多佳作也多是从大自然中，关于山水景观以及风花雪月的深情吟唱。在诗的艺术表现上，颇有创意的是，诗人善于捕捉富于动态美的意象，赋予山水景物以活脱脱的生命，给人以活色生香的审美感受。这个作为我国诗歌中常用的艺术手法恰与西方的美学理论暗合。例如18世纪德国美学家莱辛，在他的美学名著《拉奥孔》第21章《诗人就美的效果写美》中，就提出过一个"化美为媚"的美学观点。他解释说："媚就是在动态中的美。因此，媚由诗人去写要比画家去写更适宜。"他还认为"媚比起美来，所产生的效果更强烈"（朱光潜译）。我国另一位美学大师宗白华则把"化美为媚"译作"它把美"转化为"媚感力"，媚感力就是"美在流动之中"。可是这个由"动态"或"流动"美意象出之的"化美为媚"，在诗歌创作中，是一个具有普遍意义的美学法则。统观林峰的诗词创作，看得出，诗人确有通过"动态美"意象的运用，使之具有"化美为媚"进而产生媚感力效果的自觉。试读《木兰花·龙游国际龙舟赛》："灵江十月欢歌涨，箫鼓声中人尽望。秋阳千丈弄涛旗，一碧长波雄气象。中流飞舸排银浪，夺锦豪情和酒漾。试看谁敢立潮头，姑蔑龙腾天下壮。"这首只有八个句子的小令词，已把"动态美"的意象运用到了美的极致。这里有十月欢歌的潮涌，有箫鼓喧阗的和鸣，有百舸争流的竞技。更有夺锦豪情的高涨和千丈秋阳抚弄猎猎涛旗的夸张意象。所有这一切，构成了赛场上一曲色彩斑斓，格调昂扬，天人合一的生命律动的雄歌豪唱。词的上下阕的结句"一碧长波雄气象"和"姑蔑龙腾天下壮"是"立片言而居要"的点题之作。前一句是指这场龙舟赛的诗意美所表现出来的改革开放后共和国的盛世气象；后一句中，"姑蔑"是指诗人家乡浙江龙游县。龙游春秋时期是越国附属国姑蔑的首都。在这里作为典故，与"龙腾"（即龙游）并列，成为古今意象重构。意在表现龙游人成功举办龙舟赛的豪迈气概和龙游经济社会蓬勃发展走向世界的美好前景。

当代著名诗人教授袁行霈先生论诗，首倡气象。他认为"诗之有气象，如山峦之有云烟，江海之有波涛，夺魂摄魄或在于此"。并主张"气象以雄浑飘逸为上"。林峰包括这首诗在内的不少佳篇，也多是通过雄浑飘逸的诗中艺术气象，折射出昂扬奋发、高歌猛进的时代气象的。

三、用事如同己出

构成林峰诗词美的另一艺术特点，便是与传统对接中的善于用典。用典也叫做用事。即于诗的语言中，根据立意、抒情的需要借来或化用相关历史或传说中的故事，以及前人富于文化内涵的语句等，以增强诗歌意象、意境的艺术张力。林峰用典不多，但做到了"用事如同己出"的恰到好处。比如《卜算子·江滨公园》："花影半江红，风里芳枝举。浅浅芦丛袅袅烟，香湿丝丝雨。水上往来舟，舟上罗敷女。千顷芙蓉带晚霞，作我沧波侣。"上半阕是一幅色彩鲜明、柔美婉约的风景画。下半阕借景抒情，画面中出现了抒情主人公所期望的"作我沧波侣"的那个"舟上罗敷女"的艺术形象。"罗敷"是汉乐府经典《陌上桑》中塑造的一个聪慧、正直、勤劳、勇敢且美貌绝伦的采桑女。在林峰笔下出现的罗敷，应是当下劳动美女的象征。诗中情节，想来非是诗人的游园惊艳。读这首诗，会引起读过《陌上桑》人们的共鸣。进而和作者一起进入"游园惊艳"或"惊梦"的"诗意栖居"之中。这就是古今意象重构产生的艺术张力。看得出，集子中凡有妙用典故的诗句，还能为作品平添上几分淡雅的书香气息。

四、贴近社会，关注时代

这本《花日松风》收录的是林峰2006年之前创作的诗词作品。近几年来，让我欣喜的是，他的创作方向和创作风格都有了很大的变化。可以这样说，他正逐渐由"小我"走向"大我"。他的早期作品是以婉约抒情为主的，而近些年来却时有豪放之作，融入了清俊硬朗的色彩。创作内容也由山水抒情向注重现实方向发展。出现了大量的贴近社会、讴歌时代的好作品。如他写的歌颂党的十八大的作品《鹧鸪天·喜贺十八大》："紫禁城开浩荡秋，燕山如玉翠如流。且将五彩清和景，来绘千年壮丽州。星斗转，露华浮。团栾佳气动双眸。长歌声里潜龙起，十月雷奔天尽头。"这类作品最不易写，弄不好就写成"格律溜"或"老干体"。但林峰却写得诗意盎然，激情饱满。既有对国家和民族的歌颂，也有对未来美好生活的渴望和憧憬。难能可贵的是整首词看不到一句陈词滥调和公式化语言。再看

《水调歌头·钓鱼岛之思》

"浩瀚水天阔，海国湛然秋。蓬瀛何处，清螺几点漾中流。云涌洪波千叠，风卷潮声万里，苍屿小银瓯。旭日掌中出，白鹭指间浮。　　炎黄土，尧舜域，好神州。年来频见，重洋瘴雨锁归舟。冷看倭酋未死，谋我东南玉璧，堪笑一蜉蝣。天半龙骧怒，誓把版图收。"

当下写钓鱼岛的作品很多，但林峰这首却是我迄今为止看到的同类题材当中最好的一首。这种极为沉重的话题在林峰笔下却表现得潇洒自如，给人以举重若轻的感觉。他在词中把政治原素和钓鱼岛的自然风光以及人文历史结合得天衣无缝，并把自己捍卫国家主权、保卫国家领土完整的决心，展现得淋漓尽致。寄情于景，托物言志，这是诗人的高明之处，也是诗人追求的理想境界。同时这也是他几十年来浸淫于传统文化的结果。由此我们可以看到，林峰的文艺创作是做到了切入生活，兼收并蓄的，他的诗词作品既具有江南水乡的地方特色，又具有浓郁的改革开放的时代气息，从而形成了"豪放清雄美"兼而有之的个性风格。

此外，林峰在创作中，还很善于运用色彩意象来烘托诗中意境，有画的逼真感。这里就不再一一解读了。拉杂说来，言犹未尽，漫赋小诗二首作结：

越吟吴调几消魂，柳岸河塘月近人。
妙采花间秾艳句，变奏和谐盛世音。

山程水驿绿缤纷，烟雨廊桥系梦魂。
花日松风催雅兴，痴情只合作诗人。

2013年1月6日于北京虎坊居

林峰诗词浅议

周笃文

今日文坛，传统诗词作为最精美的文学体裁，正日益升温。它是参与者最多，出版物最繁复，赛事、研讨活动最为活跃的门类之一。在这一远及五大洲，数以万计的创作方阵中，高龄人固仍居多数。但近十年来，一支生气勃勃的中青年作者群正脱颖而出。他们以其艺术之敏感与风情之新样，日益为大众瞩目。诗人林峰便是这新生代中的佼佼者之一。

"书当快意读易尽，客有可人期不来"，此陈后山名句，诵其诗辄令人想到林峰。盖其诗词蕴藉而空灵，其风采儒雅而淳挚。每一接谈，便有鸥鹭相亲、不欲分袂之感。林君从予问诗，忽忽已四五年。其间京门把臂、华顶探云、龙湾放棹、赤壁讴吟，每次相遇，必有诗酒之切磋与友情之濡沫。而其润德之深，进业之勇，尤令我欣喜不置，有吴下阿蒙，一日千里之感。

诗为妙艺，涵濡宏深，变化万千。爱之者多，能之者少，精而通之，百不一人。盖诗有别才，格律学养之外，更须通乎性灵，别具雅韵，方得成为作手。林君捆挚芳悱，性情中人也。发为诗句，情深一往，能婉转动人。如《客舍寄内》云：

莫怨夫君爱别离，别时恰是忆卿时。

窗前杨柳年年绿，我与伊人一样痴。

又《浣溪沙》云：

雨里情怀飞作梦，云边旧约觅难真。

绿纱轻吻是伊魂。

另《鹧鸪天》云：

多少事，眼前空。悲欢一例去匆匆。

君知今夜花开否？相约寻芳到梦中。

皆含情吐媚，把一段儿女相思，表现得高华执着，悱恻缠绵。

至如其《庆七一》云：

斧挥尘垢落，镰舞碧云空。

目送千山外，鹃花血样红。

又《抗非壮歌》云：

淫雨霏霏落碧丛，群峰不见乱云中。

人间自有真天使，化作春晖带血红。

用带"血红"的"春晖"与"鹃花"，表现先烈与英雄大爱与悲情。以反跌之笔，构成强烈对比，读来便格外感人。

自古以来的诗家墨客，多徜徉云水，结缘烟霞，因为一片山水风景就是一个心灵的境界。王船山云："两间（天地）之固有者，自然之华，因流动生变而成绮灵。心目之所及，文情赴之。貌（描写）其本荣，如所存而显之。即以华奕照耀，动人无际矣。"此即诗家须得山水之助的原因。《诗纬》云："诗者天地之心。"诗人、艺术家秉受其绮灵之气，从而创作出照世之名篇。林君家于龙游，秉受灵江山水之佳气胜韵，养就胸中一段清灵之天机。涉笔为文，便多异彩。比如：

《灵江月》

曾记年前清夜游，灵溪深处泛渔舟。
何时再揽亭亭月，月在岑山最上头。

一二句平平带过，妙在三四句，从俯揽水中月影，陡升到山巅最高处的朗月。虚实相间，思致何其高骞腾越。又如：

《灵山春》

红云一片逐人来，两岸青山迤逦开。
峰有高低如世态，天留正气作惊雷。

方从高低起伏的峰峦领悟到世态的炎凉，诗笔却一顿而起，用"天留正气"之句，以矫拨而振动之。如此解读山水，真能独具慧眼。排空正气，响若惊雷，令人为之叫绝。至如"披锦花三径，浮蓝水一湾。红尘人渐远，桃坞燕初还"（《游凤凰山》）之丽；"江上柳烟萦蝶梦，天边暮色被花迷，遥听隔岸子规啼"之凄迷。皆灵心独造，仙骨珊珊，洵为难得之佳句。

诗文忌平直而贵曲折，忌雕缋满眼而贵自然超妙，司空图《诗品》以"超以象外，得其圜中"为诗中高境。林峰诗笔灵动，巧思妙想每每见之。如《菩萨蛮》云：

> 夕阳红透茱萸酒，银钩挂在青青柳。月是水晶梳，何如借小姑。随伊千万里，星夜长凝睇。蝉翼扑轻纱，窗前一树花。

此借月赋情之作也。妙在辗转生变，曲曲关情。从柳梢弯月幻化为女郎头上之月牙小梳，一变也；旋又还形为月，千里相随，二变也；再化形为蝉翼女郎，轻扑帘栊，恍如花树临窗，呵护着钟爱之远人。千回百转，一变再变，皆不离一段深情。如此幽渺迷离，令人不禁想起李白的清平三调来，其《水泥情怀》则另是一种风格：

> 伊是青灰奴是水，相融即为百年身。
> 与君厮守无他念，共把丹心化作春。

平常习见之水泥，作者却能抓住其融水坚牢之特性，翻出百年好合妙想，真是灵丹一粒。化腐为奇了。此之谓诗家蔚枝。

　　林峰勤于创作，收获正丰。就我耳目所及之一部分，已有如上所述生香活色之妙语佳章。总揽全集，必更可观。然诗道精微，艺无止境。等待林君惨淡经营，奋力开拓之境，仍有很多。诗者，冥搜之艺也。"陶钧文思，贵在虚静"（刘勰语）。盖方寸虚明，则能含受万象。心志凝静，自可获致妙想。好诗词既要"入情"，又须"尽象"。将诗意的发现个性化地倾注于物象之中，为"入情"。将物象穷形尽态再现为生动意象为"尽相"。能为此则可激发灵感，鼓舞意志。寄情成象而动人无际。苏东坡《书吴道子画后》云："道子画人物，如以灯取影，逆来顺往，旁见侧出，横斜平直，各相乘除，得自然之数，不差毫末。出新意于法度之中，寄妙理于豪放之外。何谓游刃余地，运斤成风，盖古今一人而已。"明人李日华在《紫桃轩杂缀》中提出了画境三层次说：一曰身之所容；二曰目之所瞩；三曰意之所游。将艺术由色相境界提升到心灵境界。这是中国艺术美学的高境，是一切有志于为诗执笔之人应当努力参究与追求的。林君才质颖妙，方富于年，循此以进，何可限量，谨拭老目，以观大成。

　　　　　　　　　　　　　　癸未小暑撰于北戴河寓斋

美颂得法

——林峰时政诗词数首小议

孔汝煌

弘扬时代主旋律，时政美颂诗历来认为难写。诗经风、雅、颂三体，颂的艺术成就较低，似有定说。又如当代诗词中众多节庆诗，因充斥套话成韵、政策图解而广被诟病。近看《中华诗词集成·浙江卷》征稿，林峰先生所提供30首近作中的时政美颂诗词，颇有兴会，略述其法。

一是直陈式，即以赋法为主，间用比兴。如：

> 尧舜域，永乐土，好神州。年来何事，重洋瘴雨锁归舟。冷看倭酋未死，谋我东南玉璧，堪笑一蜉蝣。天半龙骧怒，誓把版图收。
>
> ——《水调歌头·钓鱼岛之思》下阕

词的上阕用赋象铺垫钓鱼岛海国蓬瀛之胜，下阕顺势昭示我誓完金瓯之凛然正气。其中"瘴雨锁归舟""东南玉璧""蜉蝣""龙骧"等恰当比喻，拓展了联想空间，宣染了情感起伏。类似的如《沁园春·"神九"畅想》，上阕直赋"神九""火龙破雾、遁入玄黄"的庄丽景象；下阕则在铺陈中构筑了屈原、李白擅长的神话意象群，扩展了赋象范围，"赋亦有象"，于此会得；间用比兴，也都贴切。

二是含蓄式，以事理为轴，比兴递进。如：

《鹧鸪天·喜贺十八大》

紫禁城开浩荡秋，燕山如玉翠如流。
欲将五彩清和景，来绘千年壮丽州。
星斗转，露华浮。团栾佳气动双眸。
长歌声里潜龙起，十月雷奔天尽头。

词的上、下片都采取了前半兴，后半比，事理、主旨各在上、下片后半凸现，合起来是：五彩绘神州，潜龙奔天头。这类诗，未必求严谨晓谕，重在感染动人。类似的如《癸巳迎春》《龙年气象》。后者将龙的意象比拟形势，贯穿始终，颇得已故王巨农先生《壬申春观北海九龙壁有作》这首当代时政美颂诗经典之神韵。

三是可感性，尽力化事为物，化赋为比兴。如：

《延安文艺颂》

万朵霞飞延水东，文行九锡动遥空。
二为曲谱铿锵语，双百花开锦绣丛。
日暖桑河情未减，星罗赤叶火犹红。
凭谁再借凌云笔，欲挂天腰作彩虹。

避开对毛泽东在延安文艺座谈会上讲话的正面表达，而选用了《讲话》影响出现了延安革命文艺的繁荣景象为视角，这就增强了主旨表达的可感性；其次是将无可避免的抽象事理之赋，化为精当的物象之比兴，进一步增强可感性，尤其在颔、颈联上见锤炼之功。颈联巧借丁玲小说《太阳照在桑乾河上》与阮章竞歌剧《赤叶河》书名事实化为贴切革命文艺繁荣之比兴物象，完成了上承下启可感意象的自然转接。

时政美颂诗词之不易写好，窃以为主要原因有三。首先是题材严肃，难于比兴，只好直说，单一赋法，重意轻象。其次是接受心理方面，向有"欢娱之词难工，愁苦之词易好"之说，其心理依据是："盖乐主散，一发而无余，忧主留，辗转而不尽。意味之浅深别矣。"（陈兆伦《紫竹山房集》卷四《消寒八咏·序》）其三是评价导向的偏颇定势。近世有论者出于政治功利，对传统美颂诗概予否定，遂有凡美颂者皆"歌德"派之讥，使有些作者视若畏途。其实，诗经如《大雅》中的《绵》、《周颂》中的《小毖》等都是有定评的美颂佳作；即使是自《柏梁台诗》而后的奉和圣制诗中如唐《大明宫贺早朝》唱和诸作之类的台阁体诗，也非全无是处；至若杜甫《闻官军收河南河北》这样的性情之作更堪称不逊于《三吏》《三别》的传统美颂诗经典。

林峰先生对时政美颂诗词的探索有得，渊源有自，限于篇幅，不再详论。

一语天然万古新

——读林峰诗词

熊盛元

　　龙游林峰君，好古而能出新者也。其论诗曰："诗者，艺也，首曰达意，再曰出新。然达意易而出新难矣！新者，新言语，新意格、新气象也。惟其新方能作惊人语，亦惟其新，始能出真境界也。故诗艺千般，新居其要；诗法千变，新为其先也"（《诗观》），旨哉斯言！

　　林峰君酷爱登山临水，故发于歌诗，多游览之作。当今纪游之作夥颐沉沉，大都千人一面，不惟忽略山水之独特风貌，且全无作者之自家性情。林峰君则不然，试读其《飞石岭》一绝："梦同岚影风前合，心似山花带雨开。行到谷幽泉密处，岭深未见石飞来。"首二句以工稳之对仗，写出游岭之独特感受，如梦如痴，一空依傍，纯以心象出之，一"合"一"开"，尤见慧心。后二句紧扣岭名，忽发奇想，境界全出，新意毕呈。又如"云低飞宿鸟，日薄下空庵。入眼峰留翠，沾衣水透蓝"（《葱绿湖晚归》）、"扶疏花影指间绕，断续泉声岩上听"（《宝峰湖》）、"辽塞梦随旌旆舞，长天月共剑虹浮"（《燕州古城》）、"樯挂荷田千载雪，浪奔柳岸一声雷"（《洪泽湖》），或低徊要眇，或超旷幽深，或豪宕雄浑，或瑰奇激越，而均能见高抱幽襟，"出新意于法度之中"（苏轼《书吴道子画后》）也。清人叶横山《原诗·外篇》云："游览诗切不可作应酬山水语。如一幅画图，名手各各自有笔法，不可错杂；又名山五岳，亦各各自有性情气象，不可移换。作诗者以此二种心法，默契神会；又须步步不忘我是游山人，然后山水之性情气象，种种状貌变态影响，皆从我目所见、耳所听、足所履而出，是之谓游览。"林峰君深契个中三昧，故能火急如追亡逋，神凝以出新意也。

我尤赏林峰君之词，"行来散却千金去，欲换山间月一眉"（《鹧鸪天·雨中红螺山》）、"鸟宿数枝花小，帆低一叶风轻。笙歌夜笛满烟汀。今宵人去后，谁送月西行"（《临江仙·湘西凤凰城》）、"云涌洪波千叠，风卷潮声万里，苍屿小银瓯。旭日掌中出，白鹭指间浮"（《水调歌头·钓鱼岛之思》）、"香飘云背，天上人间同此会。荷影娉婷，人与秋风一样清"（《减字木兰花·月夜》）……就其所用之语，似皆前人曾道，而一经林峰君妙手剪裁，则新意迭出，辟前人未有之境。李笠翁《窥词管见》云："意之极新者，反不妨词语稍旧。尤物衣敝衣，愈觉美好。且新奇未睹之语，务使一目瞭然，不烦思绎。若复追琢字句后出之，恐稍稍不近自然，反使玉宇琼楼，堕入云雾，非胜算也。"予于林峰君之词亦云然。

元遗山《论诗》有"一语天然万古新"之句，窃以为此七字恰可移状林峰君诗词之总体风格。然遗山《论诗》又曰"苏门果有忠臣在，肯放坡诗百态新？"似对学东坡者一味求新而失于尖怪有所不满。林峰君于此颇有所悟，我在论其词时曾稍稍语及。叶横山《原诗》外篇，拈出"对待之两端各有美恶"之说，以为"对待之美恶，果有常主乎？生熟、新旧二义，以凡事物参之：器用以商、周为宝，是旧胜新；美人以新知为佳，是新胜旧；肉食以熟为美者也；果食以生为美者也。反是则两恶。推之诗，独不然乎？舒写胸襟，发挥景物，境皆独得，意自天成，能令人永言三叹，寻味不穷，忘其为熟，转益见新，无适而不可也。若五内空如，毫无寄托，以剿袭浮辞为熟，搜寻险怪为生，均为风雅所摈。论文亦有顺、逆二义，并可与此参观发明矣。"余不揣浅陋，对林峰君"诗艺千般，新居其要；诗法千变，新为其先"之诗观稍作补充，则其"出新"之说，庶几无剩义矣。

铜琶高奏凌云调

——林峰先生

屈 杰

每个时代都会有它的歌手，屈曹陶谢、李杜王孟、秦柳苏辛就是所处时代杰出歌手，但是他们的唱腔却有不同。有的歌手如关西大汉执铜琶铁板，唱大江东去，响遏行云；有的歌手则如十八女郎执红牙檀板，歌晓风残月，柔情缱绻；有的歌手或于豪放中见柔婉，或于柔婉中见豪放，或亦豪亦婉，能刚能柔。味乎林峰先生的诗词，显然是属于前者。

先生是当代诗词大家，他的诗词具有鲜明的艺术特色，在立意、运思、构句、造境等诸多方面都颇有造诣，犹如一面多棱镜，在太阳下折射出其人格、学养、才情的多彩光芒，可以怡情，可以养气，可以励志，可以开慧。我读先生久矣，仍不敢说已经探骊得珠，但很愿意把自己的阅读感受写出来与诸君共享。

一 曰吐气甚豪

诗美有两种主要的形态——阳刚美与阴柔美，凡雄浑、悲慨、豪迈、劲健的风格则形成阳刚美，而飘逸、绮丽、纤秾、柔婉的风格则形成阴柔美。对此，清代散文家姚鼐有非常形象的描述："其得于阳与刚之美者，则其文如霆，如电，如长风之出谷，如崇山峻崖，如决决大川，如奔骐骥；其光也，如杲日，如火，如金镠铁；其于人也，如凭高视远，如君而朝万众，如鼓万勇士而战之。"曾国藩则云："西汉文章，如子云、相如之雄伟，此天地遒劲之气，得于阳与刚之美者也，此天地之义气也。"林峰先生的诗歌雄浑大气、慷慨激昂，如霆如电、如大川倾泻、如奔马怒啸，呈现出鲜明的阳刚美，看来，他是得"天地遒劲之气"了。请看，他在《甘肃会宁会师塔》前这样吟道："气贯霜刀惊赤电，声闻铁甲裂狂飚。三军已越天西北，千里铙歌动翠嶕。"若见百尺霜刀横空，似闻万丈狂飚怒卷，红军之英勇与豪迈跃然于纸上。其豪气直可弥苍天，干云霓。

如此豪放之吐属，在他的篇什中可谓目不暇接。"炮震楼头新月暗，刀寒岭背大旗明。"（《忆四平战役》）战争之激烈惊心动魄，磅礴之气势破空穿云。"白雨连空堪溅月，寒声破壁欲喷雷。"（《黄河壶口》）连空之白雨溅湿了明月，破壁的寒声如惊雷喷出，其豪迈之气、雄健之声如天风海雨席卷江河，壶口瀑布之神韵得之矣。"燕山云老起苍鹏，要踏青冥九万作歌行。"（《南歌子·寿沈鹏老八十华诞》）苍鹏凌云，足踏青冥，还作歌行，其振翮远游之志，潇洒出尘之态，宛在云端，又在眼前。"云涌洪波千叠，风卷潮声万里，苍屿小银瓯。"（《水调歌头·钓鱼岛之思》）洪波涌动，潮声卷起，小小银瓯立于苍茫东海之中，只词笔一点，万古苍茫之诗境呼之欲出矣。

林峰先生不仅读破万卷，养心中之雅气，又勤于修身，养心中之浩气，还行万里路，涵天地之正气，山川之灵气，再加上其天赋之清气，种种气格交织在一起，便形成了其至大至刚、至清至雅的浑厚气象。故发而为诗，可以弥纶六合，可以充盈寸心。其弥满之真力，飞腾之壮采，非是气不足以发之。

二 曰立意甚高

立意之重要，前人之述备矣。《尚书·尧典》即发表了中国诗歌的开山诗论："诗言志，歌永言，声依永，律和声。"杜牧则云："凡为文以意为主，以气为辅，以词彩章句为之兵卫。"王夫之则在《姜斋诗话》中说："无论诗歌与长行文字，俱以意为主。意犹帅也，无帅之兵，谓之乌合。"似乎是承牧之之论而发之，但更见精彩。可以说，诗歌如果没有高妙立意的照耀，就如天空中没有日月星辰，没有霞光月华与星辉，只剩下一片漆黑与死寂。

林峰先生亦善于立意者，其立意可谓之曰"三高"：高昂、高远、高妙。请看他的《龙游沐尘泉并致一舟先生》："山色迷离幻亦真，清泉如镜照吾身。世留此水知何幸，能洗人间百丈尘。"娑婆世界，红尘飞扬，洛阳素衣，长沾尘埃，何以洗之？就借这一泓清泉吧。你看，立意是何等高妙！

在《水调歌头·张家界》中，他这样吟咏道："许是名山有待，怜我诗心依旧，遥赠绿芙蓉。未得惊人句，不肯上巅峰。"

青山送给他朵朵"绿芙蓉"，他则要炼出"惊人句"作为回赠，写出了与青山的深情厚谊，又把自己勇攀诗坛高峰的决心暗示了出来，人所未能言，人所难以言，如此立意，真是响落天外，何其高远！他在《沁园春·黄河石林》中写道："欣归去，正云来掌上，月到林中。"快意自如之气，潇洒出尘之思，弥漫于寥寥数字之中。以景语结之，意寓于景，情化成境，二者，如水融乎盐，妙合无垠，堪称高妙。

更多的是直抒胸臆的佳句，读之如见一鹤排云入高渺青天之身影，如闻裂帛破竹、擂鼓鸣钟之入云高唱与震耳洪声。

"环疆寸寸皆吾土，要鼓长风振远帆。"（《甲午海战一百二十周年》）"冷看倭酋未死，谋我东南玉璧，堪笑一蜉蝣。天半龙骧怒，誓把版图收。"取历史之教训，揭日寇之阴谋，发音嘹亮，直陈心衷，可以警世也。

"犹向崖巅高卧，俯瞰钱江浩荡，宇宙一何宽。"（《水调歌头·开化根宫佛国》）置身崖巅，瞰渺茫红尘，起高远诗思，身高、心高，意犹高也。"要上星河邀太白，听声来天外奔雷裂。小宇宙，待飞越"（《贺新郎·依淼公贺中华诗词学会成立三十周年韵》）。振兴中华诗词之意志如大鹏御风，直上扶摇。先生心中经年缭绕着浩然之正气，沛然之才气，故其发音洪亮，立意高远，恍惚兮可见他御天马于云端，穷碧落，俯红尘，逸兴遄飞，响回六合。

三 曰构句甚妙

如果把文学的诸多样式比作群山的话，诗则是崛起于群山之上的峰巅，精妙的语言则是披在峰峦上的翠衣与云袂，远而观之，美不胜收；细而味之，妙不可言。构句之重要，诗家多有妙论。西晋陆机在《文赋》中说："立片言以居要，乃一篇之警策。"杜甫则声言自己："为人性僻耽佳句，语不惊人死不休。"清朝的龚贻孙则道："名手炼句如掷杖化龙，蜿蜒腾跃，一句之灵，能使全篇俱活。炼字如壁龙点睛，鳞甲飞动，一字之警，能使全句皆奇。"林峰先生无疑是精于炼字构句的高手。"解得连城真宝器，磬声撕破五湖烟。"（《咏灵璧石》）磬声乃听觉，可诗人却将它转化为视觉，这便产生了一种妙不可言的美学效果。通听觉为视觉，已见新奇；著一"撕"字，又把二者形象地联在一起，奇中见奇，境界全出矣！

"眼前芳草随云碧，身后黄沙带血倾。"（《忆四平战役》）、"眼前芳草随云碧"，是芳草把云给染碧了？还是芳草随着流云把碧绿带到远方？抑或是碧草跟着白云向天边蔓延？语言的多义性产生了模糊美，味之不厌，品之留香。"滩头帆挂百年耻，峰顶旗挥万丈光。"（《甲午海战一百二十周年》）、"飞鸿声里，有我遥绪共云流。"（《水调歌头·忆焦裕禄》）、"滩头帆，具象也；百年耻，抽象也。云，形象也；遥绪，抽象也。陋者或诘之曰：百年耻何以能挂？思绪岂可与云共流？其实，这正是诗句的高妙处：以具象对接抽象，可产生新奇的审美趣味。与南宋李易安的"只恐双溪舴艋舟，载不动、许多愁"，唐朝温如的"满船清梦压星河"使用的都是同一种手法。

"千峰如梦云如水。"（《踏莎行·那色峰海》）一般而言，比喻都是把抽象转化为形象，可是优秀的诗人还喜反其道而行之，把形象比作抽象，从而产生特别的审美趣味。秦观就曾有"自在飞花轻似梦，无边丝雨细如愁"的名句。千峰何以如梦呢？它能唤醒我们怎样的审美联想呢？梦境，迷离、飘渺、虚幻也。如是设喻，千峰亦真亦幻、若明若暗、似有似无之胜状宛然呈现于眼前矣。

"帆起满江烟散，笛横无数花开。"（《西江月·贺衢州市两会召开》）在我们的生活经验中，帆起未必烟散，笛横未必花开，诗人这样写，是深得"无理而妙"之诗法。当然，从根本上来讲，是表面无理，内在有理，只是这个理需要思悟以得之。云帆起程后，得好风之力，轻烟尽散也；玉笛横吹，吹醒了春天，于是好花竞放也。这其中或许还化用了"潮平两岸阔，风正一帆悬"与"黄鹤楼中吹玉笛，江城五月落梅花"的诗意。作者轻点词笔，看似平常，而内涵却如此丰富，韵味却如此隽永，非大才不能为之。如是灵慧、奇妙之诗句在先生诗箧中，触目皆是也，在此，就不过多地罗列了。

四 造境甚大

意境就是作者的思想感情与客观物象浑然交融在一起所形成的艺术境界，这个境界有象外之象，味外之味，充满弹性与张力，具有强烈的艺术感染力。诗歌的目的就在于创造出一个个情景交融、新奇鲜明、充满弹性、感染力强的艺术意境。

前贤对意境有许多精彩的论述。近代的林纾说："意境者，文之母也。一切奇正之格，皆出于是间。不讲意境，是自塞其途，终身无进道之日矣。"（《春觉斋论文》他把意境视为"文之母"，是一切创作的源泉与关键，可见其重视的程度。

王国维在《人间词话》中，对意境有更全面更精准的论述，他说："词以境界为上，有境界则自有高格，自有名句。"又说："境非独谓景物也。喜怒哀乐，亦人心中之境界也。

故能写真景物，真感情者，谓之有境界。否则谓之无境界。"
又云："有有我之境，有无我之境。……有我之境，以我观物，
故物皆著我之色彩。无我之境，以物观物，故不知何者为我，
何者为物。"

观乎林峰先生之诗词，其意境大概可以概括成这八个
字：雄奇、阔大、悠远、鲜明。"最爱斜阳红尽处，青山几
点似蓬莱。"（《洪泽湖》）你看，斜阳尽头，几点青山，
这是人间仙境呀。诗人对大好河山的深爱与"斜阳""青山"
交融在一起，形成了一种静美、恬淡、悠远、鲜明的意境，
令"味之者无极，闻之者心动"。

"云自美人山上过，斜阳老树两茫茫。"（《磁县天宝寨》）
悠悠白云拂过美人山，无终无始；茫茫斜阳照着老树，无际
无边。时间之悠长与天地之旷远交织在一起，形成了一种苍
茫浩渺、绵邈寂寥的境界，令人起怀古之思，生惆怅之情。

"襟连河海观星鸟，背倚中原射斗牛。"（《鹧鸪天·宿
州》）寥寥十四字，勾勒出宿州地势之险要，山河之雄壮，
宿州之气象生焉。如此大境界，非大手笔不能造。

"浩瀚水天阔，海国湛然秋。蓬瀛望处，清螺几点漾中
流。""旭日掌中出，白鹭指间浮。"（《水调歌头·钓鱼
岛秋思》）浩瀚水天，湛然海色，水似蓝玉，岛如青螺，旭
日从手掌中升起，白鹭自指间上飞来。意境何其雄奇阔大、
明丽澄澈！味乎此境，我们的心中不仅浮现出秋日钓鱼岛的
清景胜状，还会升腾起对如画江山的挚爱。

"正风吹残暑，天开遥碧；霞明古道，气爽新秋。"（《沁
园春·牛角岭关城随想》）暑气将残，金风吹拂，遥远的天

边送来一片清碧，明净的霞光洒在古道上，初秋的感觉是如此清爽。诗人挥如椽之大笔，只寥寥十六字，即勾勒出了牛角岭的动人秋色，生成了一种辽夐高远、清嘉静好的意境，令人心驰神往。"狮卧雄关，鹰环紫塞，马踏流星日在东。"（《沁园春·黄河石林》）雄狮、苍鹰、骏马、险关、要塞、流星、白日，如此刚硬的意象组接在一起，其力可透纸背，其气可贯斗牛，生成了一种雄阔高远、磅礴大气之意境，读之击节，味之神远。先生塑造之意境，多染了强烈的主观色彩，一般都属于有我之境。进入这种境界中，我们可以感受到诗人心跳的有力律动，情感的强烈迸发，生横空之浩气，赏诗国之大美，乐焉醉焉而不知返。

先生仿佛是一位男高音歌唱家，其高亢嘹亮的歌声直薄云霄。这种声音仿佛是从苏辛的词峰上传来，越过宋元的长天，明清的旷野后，依然是那样磅礴与铿锵。我们的时代是一个洪波卷起、星汉灿烂的时代。在中华文化伟大复兴的历史进程中，我们当然需要花间月下的曼吟，玉笛笙箫的柔婉，更需要步月凌风的高唱，黄钟大吕的豪迈。当然，先生诗词的妙处实在不是这一篇短文所能穷尽的，它堂庑特大，内庭幽深，其壮丽的风景需要我们入其内核才能领略。我相信，会有更多的人循诗径而入内庭，享受到大美的风景。